한밤중, 내 방 여행하는 법

한밤중,
내 방
여행하는 법

세상에서 가장 값싸고
알찬 밤여행을 위하여

그자비에 드 메스트르 지음
장석훈 옮김

XAVIER DE MAISTRE

유유

옮긴이의 일러두기

- 본 번역서가 참고한 판본은 1862년 파리의 가니에 프레르 출판인쇄사에서 간행된 『그자비에 드 메스트르 백작 전집』Oeuvres Complètes du Comte Xavier de Maistre이다. 여러 판본 가운데 처음으로 삽화가 실린 전집 판본인데, 번역서의 삽화도 이 전집에 수록된 것을 사용했다.
- 옮긴이는 『내 방 여행하는 법』과 마찬가지로 2001년에 지호출판사에서 이 책을 국내 초역으로 소개한 바 있다. 이번 번역에서도 기존의 번역을 많이 고치고 다듬었다.

목차

1
토리노의 지붕 밑에서

내가 한밤중에 내 방 여행을 떠나게 된 새 처소가 궁금하다면, 어떻게 해서 내가 이 방에 살게 되었는지 그 자초부터 설명해야 하리라. 앞서 살던 집●은 소란하기 그지없어 진득이 앉아 일을 할 수가 없었다. 그래서 오래전부터 근처의 한적한 곳으로 옮기고 싶은 마음이 있었다. 그러던 어느 날 드 뷔퐁●●의 삶을 간략히 소개한 글을 보니 저명한 그가 정원

●『내 방 여행하는 법』의 배경이 된 방을 가리킨다. 토리노 도심인 포 가街에 있었다. 가택 연금을 당했을 때는 주변의 소음을 즐겼건만 더는 아니다.

●● 조르주 루이 르클레르(드 뷔퐁 백작). "문체는 곧 그 사람이다"라는 말을 남긴 프랑스 문필가.

의 외진 곳 오두막에 칩거했다는 게 아닌가. 거기에 있는 것이라곤 의자와 책상 그리고 집필 중인 원고 뭉치가 다였단다.

내가 끼적이는 잡문과 드 뷔퐁 선생이 집필한 불후의 명작은 애초에 비끗거리도 아니므로 그를 따라 할 생각은 추호도 없었으나 본의 아니게 그리할 수밖에 없는 처지가 되었다. 가구의 먼지를 닦던 하인이 내가 막 마무리한 파스텔화를 보고는 그 위에 덮인 것도 수북이 쌓인 먼지려니 하고 걸레로 닦아 버렸다. 어찌나 힘주어 닦았는지 내가 공들여 칠한 먼지 가루가 그만 다 밀려났다. 나는 마침 내 눈앞에 없던 그를 향해 열통을 터뜨렸고, 정작 그가 돌아왔을 때는 평소처럼 아무 말도 하지 않았다. 대신 바로 조치를 취했다. 프로비당스 가•에 있는 건물 6층의 다락방을 빌린 뒤, 그 방 열쇠를 받아 들고 집으로 돌아왔던 것이다. 내가 즐겨 하는 일에 필요한 물건들을 그날 중으로 옮기도록 하였고 그날 이후 나는 주거지의 소란과 그림을 걸레로 닦아 버리는 사람들로부터 안전하게 벗어난 곳에서 대부분의 시간을 보낼 수 있게 되었다. 이 고즈넉한 다

• 이탈리아어로는 프로비덴차가 된다.

락방에서 시간은 유수와 같았고, 몽상에 빠져 지내느라 저녁때를 놓치곤 하였다.

아, 달콤한 고독이여! 그대를 흠모하는 이들에게 발산하는 그대의 매력을 내 어찌 모를까. 인생의 단 하루도 무료의 번민을 견디지 못하여 자신과 나누는 대화보다 바보들과 벌이는 수다를 더 갈구하는 이는 가엾지 않던가.

고백건대, 내 방 여행을 하게 되었을 때처럼 어쩔 수 없이 그리된 경우가 아니라면, 나로선 이 거대한 도시 속에서 홀로 있는 게 좋다. 아침나절만큼은 은둔자이고 싶고, 저녁이면 사람 얼굴을 보고 싶다. 사교와 고독은 서로의 단점을 상쇄하며, 실존의 이 두 방식은 서로를 아름답게 만들어 줄 것이기에.

허나 변덕스러운 세상사, 우리 의지로 어찌할 수 있는 게 아니었으므로 새 처소에서 만끽하던 희열도 찰나에 그치리라는 걸 내 알 도리가 없었다. 프랑스혁명은 주변을 집어삼키며 알프스를 넘어 이탈리아로 밀고 들어왔고 혁명의 첫 물살에 나는 볼로냐까지 밀려날 수밖에 없었다. 나는 다락방을 남겨 두기로 하고 세간을 그곳으로 전부 옮겨 놓은 뒤 좋은 날을 후약했다. 그렇게 수년간 조국을 잃고 떠돌던 어느 시린 날 아침, 나는 일없는 신세가 되고 말았다. 내키지도 않았거니와 다시 볼 마음도 없는 사람을 만나고, 역시나 내키지도 않고 다시 할 마음도 없는 일을 해야 했다. 그렇게 꼬박 1년을 보낸 뒤, 토리노로 돌아왔다.● 다락방은 정리해야지 싶었다. 주인에게 더는 세를 들지 않겠다는 말도 하고 그 안의 세간도 처분할 작정으로 여장을 푼 라본느팜 여관을 나섰다.

다락방에 다시 들어섰을 때, 내 마음은 형언키 어려웠다. 모든 게 제자리, 그러니까 내가 떠날 때 그대로 뒤죽박죽인 상태였다. 다락방 천정이 낮은 탓에 벽 쪽으로 쌓아 두었던 가구엔 먼지 하나 앉지 않았고, 깃털 펜은 말라 버린 잉크병에 그대로 꽂혀 있었으며 책상 위엔 쓰다 만 편지가 놓여 있었다.

'여기가 아직도 집처럼 편하군.'

나는 더할 나위 없는 만족감에 잠겨 생각했다. 사물 하나하나에 내 인생의 한때가 어렸고, 방은 추억의 벽지로 장식된 듯했다. 나는 여관으로 돌아가지 않고 내 물건들이 있는 곳에서 그날 밤을 보내기로 했다. 가방을 가져오라고 사람

● 그가 토리노로 돌아온 것은 1798년이다. 그해, 끝내 프랑스에 대적할 수 없었던 사르데냐 왕국은 거의 모든 영토를 프랑스에 넘기고 군대마저 해산한다. 그리고 당시 국왕이었던 카를로 에마누엘레 4세는 남은 세력을 이끌고 사르데냐 섬으로 파천한다. 졸지에 저자는 나라와 직업을 잃은 떠돌이 신세가 된다.

을 보낸 뒤, 나는 마음을 정했다. 그 누구와 의논도 작별도 나누지 않고 나를 고스란히 프로비당스에 내맡긴 채 떠나기로 말이다.••

●● 중의적 표현이다. 마침 다락방이 위치한 거리의 이름이 프로비당스인데, 이 이름은 '섭리'를 뜻하기도 한다.

2

새로운 내 방 여행

잘 짜인 여행 일정에 혼자 흐뭇해하며 이런저런 생각에 빠져 있는데, 시간이 지나도 가방을 가져오라고 보낸 하인이 돌아올 기미가 없었다. 그는 몇 주 전에 급하게 구한 허드레꾼으로 아직 못 미더운 구석이 있었다. 여차하면 가방을 갖고 도망칠 수도 있겠다는 생각이 들어 나는 급히 여관으로 달려갔다. 하마터면 놓칠 뻔했다. 라본느팜 여관이 있는 거리의 모퉁이를 돌자, 여관 문을 서둘러 나서는 그가 보였다.

그 뒤로 내 가방을 든 짐꾼이 따라 나왔다. 내 귀중품 가방은 자신이 직접 챙긴 채, 내 쪽이 아닌 왼편으로 몸을 틀고는 그가 가야만 하는 길의 반대 방향으로 걷기 시작했다. 놈의 속셈이 드러났다. 나는 곧바로 그를 따라가 아무 말도 하지 않고 한동안 나란히 걸었다. 인간의 얼굴이 지을 수 있는 가장 경악스러운 공포의 표정을 묘사하고 싶다면, 곁에서 걷고 있는 나를 그가 힐끗 쳐다본 순간의 표정이 완벽한 모델이 될 것이다. 나는 그런 그의 모습을 찬찬히 관찰했다. 갑작스럽게 나타나 무섭게 노려보는 나를 보고 얼마나 얼이 빠졌는지 그는 입도 벙긋 못 하고 한동안 나와 함께 털레털레 걸었다. 누가 보면 둘이 산책이라도 하는 줄 알았을 것이다. 그랑 두아르 가에 이르자 마침내 그가 우물거리며 제가 한 짓을 변명했다. 나는 그를 원래 가야 할 방향으로 돌려세운 뒤, 집으로 같이 돌아왔다. 그리고 그를 내쫓았다.

마지막 하룻밤을 보내기로 했던 그 방에서 내가 새로운 내 방 여행을 떠나기로 한 건 이런 우여곡절 끝이었다. 떠날 채비는 바로 차렸다.

3
홀로 남다

한때 정겨이 떠돌던 고향 땅을 다시 찾고 싶은 마음이 오래전부터 굴뚝같았다. 글로 묘사해 보기도 했지만 성에 차지 않았다. 글을 재밌게 읽은 친구들은 계속해서 쓰라고 독려하였지만, 나와 여행을 함께한 벗들과 헤어지는 일이 없었다면 나는 진즉에 마음의 결정을 내렸을 것이다. 마지못한 마음으로 그 길에 들어선다. 아, 홀로 들어서는 길, 거기엔 충직한 조아네티도, 사랑스러운 로진도 없다.

나의 옛날 방 또한 혁명의 모진 피해를 입었다.• 아니, 흔적조차 없는 상태였다. 방은 화염에 그을린, 처참한 누옥의 잔해일 뿐이었다. 그 누옥을 요절내자고 살상 무기가 총동원되었던 것이다. 드 오카스텔 부인의 초상화가 걸려 있던 벽엔 포탄 구멍까지 났다. 천만요행은 이런 재앙이 닥치기 전에 내 방 여행을 할 수 있어 오늘날의 식자들이 이 놀라운 방의 진면목을 겨우 알게 되었다는 것이다. 히파르코스•• 의 관측 기록이 있었기에 플레이아데스성단에 또 다른 행성이 존재한다는 사실을 알 수 있었던 것처럼 말이다. 그 행성은 저 유명한 천문학자가 살던 시대에는 확인이 가능했으나 그 이후엔 존재를 알 수 없었던 것이다.

오래전, 나는 불가피한 사정으로 이 방을 떠나 다른 곳에 우리 집 페나테스•••를 모셨다. 그만하면 불행 중 다행일지 모르겠다. 그러나 조아네티와 로진의 자리는 누가 대신할 수 있을까? 어림없는 일이다. 조아네티는 내겐 없어선 안 될 사람이 되었다. 따라서 그의 부재는 무엇으로도 채워지지 않았다. 사랑하는 사람과 영원히 함께할 수 있다고 자신할 수 있는 이, 그 누구인가? 맑은 여름 저녁, 허공을 어지러이 맴도는 하루살이 떼처럼 인간은 우연히 인연을 지을 뿐

• 『내 방 여행하는 법』의 배경이 되었던 포 가의 방이다. 프랑스 혁명군이 토리노에 쳐들어오면서 전쟁의 상흔이 여기저기 남아 있었다.

•• 그리스의 천문학자이자 수학자.

••• 고대 로마인이 섬겼던 집안 수호신.

이며 그 인연은 찰나에 불과하다. 그렇게 빨리 움직이는데도 민첩한 하루살이처럼 서로 머리를 부딪치지만 않을 수 있다면 그나마 다행이다.

어느 날 저녁, 잠자리에 들 때였다. 조아네티가 평소처럼 꼼꼼하게 잠자리를 봐주었는데, 왠지 좀 더 신경을 쓰는 듯했다. 그가 등불을 들고 나갈 때 주의 깊게 살피니 무언가 달라진 기색이 보였다. 그런들 짠하기 그지없는 조아네티가 마지막으로 시중을 든 것이었다고 내 무엇으로 확신할 수 있었을까? 긴가민가하는 상태가 진실보다 더 가혹한 법일지니. 독자 여러분을 그런 지경에 둘 마음은 추호도 없으므로 변죽울림 없이 말하되, 조아네티는 그날 밤 결혼식을 올린 뒤 이튿날 나를 떠날 예정이었다.

갑자기 주인을 떠나는 것을 두고 배은망덕하다고 비난하진 말지어다. 그럴 마음이 있다는 걸 난 일찌감치 알고 있었고, 애초에 그것을 인정하지 않은 게 잘못이었다. 남 얘기 좋아하는 사람이 아침 댓바람부터 나타나 그 소식을 전했다. 그 덕에 나는 조아네티의 얼굴을 보기 전에 한바탕 화를 냈다가 진정할 시간이 있었고, 조아네티는 내심 예상했던 싫은 소리를 하나도 듣지 않을 수 있었다. 사실 그는 내 방에 들어서기 전, 제 딴엔 하나도 무섭지 않다는 걸 내보일 양으로 회랑에서부터 누군가와 큰 소리로 말을 나누었다. 그러고 나서 그처럼 선한 영혼이 자신에게서 끌어낼 수 있는 최대한의 뻔뻔스러움으로 무장한 채 결기에 찬 표정을 지으며 방에 들어섰다. 표정에서 그의 다짐이 엿보였고 그 다짐을 두고 그를 나무랄 이유가 내겐 없었다. 오늘날의 악담꾼들이 결혼은 위험한 것이라며 선량한 이들을 붙잡고 제아무리 겁을 준들 새신랑은 흡사 높은 데서 떨어졌음에도 다친 데 없는 사람과 같다. 두려움과 기쁨이 혼재된 상태로 뭐가 하나 빠진 사람처럼 보인다. 그러니 나의 충직한 하인이 보여 준 행동도 그가 처한 상황의 기묘함에서 비롯된 것이었으므로 놀라워할 일이 아니었다.

"조아네티, 그래, 결혼을 했단 말이지?"

나는 웃으며 말했다. 내가 노여워하리라 긴장했던 그는 그만 맥이 풀렸고 순식간에 예전의 그로 돌아갔다. 아니, 더 작아졌던가, 그만 울음까지 터뜨렸다.

"나리, 무슨 말씀을 드려야 할지?"

그는 울먹이며 말했다.

"결혼 서약을 올렸습니다."

"울기는! 잘한 일일세. 좋은 아내를 맞이했길 바라고, 자네도 후회 없기를 바라네. 자네 닮은 자식들도 낳고 말이야.

우린 어쩔 수 없이 헤어져야겠군.”

“네, 나리. 아스티에 신접살림을 차릴까 해요.”

“그래, 떠나는 건 언젠가?”

이 물음에 조아네티는 미안한 듯 시선을 내리더니 나지막이 말했다.

“제 아내가 자기 고향에서 온 마부 하나가 빈 마차로 돌아간다는 것을 알아냈지 뭡니까. 그런데 그가 오늘 떠난다네요. 이보다 좋은 기회가 없을 듯한데……, 물론 나리께서 허락하셔야겠지만……, 이런 기회는 다시 없을 것 같아서요.”

“뭐, 그렇게나 빨리?”

애틋하기만 하던 마음에 언짢음이 크게 스며들어 잠시 할 말을 잊었다. 이어 내 입에선 쌀쌀한 말이 튀어나왔다.

“아니, 얼마든지 그러게. 자넬 잡아 둘 이유가 없지. 원한다면 바로 떠나도 좋네.”

조아네티는 사색이 됐다.

“벗이여, 가게나. 아내 곁으로 가게나. 내게 그랬던 것처럼 그녀에게도 좋은 사람, 정직한 사람이 돼 주게.”

소소한 뒤처리를 하고 나서 슬픈 마음으로 그에게 작별인사를 건넸다. 그리고 그는 떠났다.

그는 햇수로 15년 동안 내 시중을 들었는데, 헤어짐은 한

순간이었다. 그 후 우리는 다시 만나지 못했다.

이 갑작스러운 이별 앞에서 방을 서성거리며 상념에 빠진 사이, 로진이 몰래 조아네티를 따라 나간 줄도 몰랐다. 잠시 뒤, 문이 빼꼼히 열리면서 로진이 들어왔다. 방 안으로 로진을 밀어 넣는 조아네티의 손만 보였다가 그대로 다시 문이 닫힐 때, 가슴이 아렸다. 그는 더 이상 내 방에 발을 들여놓지 않았다. 15년 지기가 남남이 되는 데는 몇 분이면 족했다. 아, 애달프고 애달픈 인간의 운명이여! 아무리 소소한 애정일지라도 그 마음을 기울일 수 있는, 변치 않는 존재란 단 하나도 없으니!

4
개 팔자

로진도 지금은 내게서 멀리 떨어진 곳에 있다.

친애하는 마리여, 열다섯 살이 됐는데도 로진이 여전히 세상에서 가장 사랑스러운 동물이며, 같은 종의 다른 개들에 비해 소싯적부터 남달랐던 그의 영특함으로 적잖은 나이의 무게를 감당하고 있음을 매우 흥미로이 여기실 터입니다.

그들과는 떨어지지 않으려 했다. 하지만 벗들의 앞날이 걸린 문제라면 그들의 행복과 유익을 먼저 고려해야 하지 않겠는가? 떠돌이 인생일 수밖에 없는 나의 삶에서 벗어나, 나라는 주인과 함께라면 꿈도 꿀 수 없는 안식을 말년에나마 누리는 것이 로진에겐 이로울 터였다. 나이가 너무 많아 스스로 움직이는 것도 여의치 않았으니 이젠 쉬게 해 줄 때가 되기도 하였다. 어느 자애로운 수녀님께서 그의 여생을 돌봐 주기로 했다. 이와 같은 안식에서 로진은 그의 품성과 연륜과 평판에 값하는 뭇 특권을 누릴 수 있으리라.

인간이란 존재는 행복을 누릴 수 없는 팔자로 타고나는 듯하다. 친구들은 본의 아니게 서로 생채기를 입히고, 연인들은 다툼 없이는 한시도 같이할 수 없다. 리쿠르고스• 이래 오늘날까지 인간을 행복하게 만들고자 했던 모든 입법자들의 노력은 수포로 돌아갔다. 그럼에도 한 마리의 개는 행복하게 만들어 주었으니 그나마 위안이 된다고나 할까.

•스파르타의 입법자로 스파르타를 새롭게 개혁하려 했던 인물이다.

5
영혼과 동물성

조아네티와 로진의 마지막 뒷이야기를 전했으니 이제 영혼과 동물성••에 대한 얘기만 하면 독자 여러분께 해 둬야 할 얘기는 다 하는 것 같다. 인간성의 두 차원이 (특히 후자가) 더는 내 여행에서 흥미로운 역할을 하지 못할 터다. 나와 같은 여정을 밟은, 상냥한 한 여행자에 따르면 인간성의 이 두 측면은 이제 기력을 다했다.••• 애석한 노릇이나 그의 말이 백번 옳다. 그

••이 주제에 대해서는 『내 방 여행하는 법』(유유출판사, 2016) 6장 참조.

•••제네바와 파리에서 출간된 『호주머니 속 여행』Voyage Dans Mes Poches(1798)이라는 책을 언급하고 있다. 미상의 저자가 그자비

러나 적어도 나의 영혼이 이 점을 간파한 것을 보면 이는 나의 영혼이 총기를 잃어서 그랬던 건 아닌 듯하다. 다만 영혼과 타자他者(동물성)가 관계를 맺는 양상이 바뀌었다고나 할까. 동물성의 순발력은 예전 같지 않다. 여기서 예전 같지 않다는 걸 어찌 설명하면 좋을까? 내 입에서 재기才氣가 어떻고 하는 말이 튀어나올 뻔했다. 한낱 동물성에도 그런 것이 있기나 한 것처럼 말이다. 아무튼 감당이 안 될 주제는 관두고 다음의 일화나 소개하련다. 알렉산드리아 출신의 한 여성이 내게 불어넣어 준 자신감에 힘입어 그녀에게 연애편지를 쓴 적이 있는데, 다음과 같이 끝나는, 정중하나 쌀쌀맞기 그지없는 답장을 받았다.

"선생님, 선생님에 대한 제 감정은 언제나 그렇듯 지극한 존경의 마음이라는 걸 명심해 주세요."

순간, 나는 외마디 탄식을 질렀다. 제대로 일격을 당한 것이다. 치명상을 입은 그날 이후, 더는 영혼과 동물성이라는 체계를 운운하지 않기로 했다. 결국 나는 두 존재 체계를 구분하거나 나누는 법 없이 물건 파는 상인처럼 서로 한 묶음을 지어 번거로운 거 다 제한 채, 하나의 존재로서 여행을 떠나기로 했다.

에의 책을 읽고 깊은 감명을 받았다면서 그자비에가 수확하고 빠뜨린 이삭을 줍는 심정으로 자신도 그와 같은 글을 써 보겠다고 해서 지은 책이다.

6
전망 좋은 방

새로 얻은 방의 크기에 대해 따로 말할 건 없다. 예전 방과 아주 비슷해서, 이 집을 지은 건축가가 꼼꼼하게 수력학 법칙에 의거하여 빗물이 잘 흘러내려 갈 수 있도록 지붕물매를 길가 쪽으로 비스듬히 잡은 것을 뺀다면, 얼핏 봤을 때 그 방이 그 방인가 싶을 터이다. 햇빛은 방에서 유일한, 가로 두 자 반에 세로 네 자인 창을 통해 들어온다. 창문은 바닥에서 예닐곱 자•

•2미터 정도 된다.

높이에 나 있어 밖을 내다보려면 작은 사다리가 필요하다.

창문이 바닥에서 그처럼 높이 달려 있는 건 이 방의 쾌적한 요소 가운데 하나다. 우연의 소산이 아니라면 건축가의 천재적 발상이다. 창을 통해 거의 수직으로 쏟아지는 빛 덕분에 다락방은 신비로운 분위기를 자아낸다. 채광 방식이 로마 판테온의 그것과 닮은 것이다. 그뿐 아니라 바깥의 그 어떤 사물도 내 눈에 걸리적거리지 않는다. 대양을 표류하는 뱃사람의 눈에는 온통 하늘과 바다뿐이듯 내 눈에도 하늘과 방뿐이다. 바깥 사물 가운데 내 시선이 닿는 지근거리에 있는 건 달님과 샛별이다. 이 덕분에 나는 하늘과 직접 맞닿을 수 있었고, 1층 방에 살기로 했다면 꿈도 꿀 수 없을 만큼 사고가 고양될 수 있었다.

다락방의 빛들이창은 지붕 위로 솟아 있어 모양새가 예쁘다. 아주 높은 데 위치하여 첫 햇살이 창을 밝힐 무렵에도 거리의 어스름은 아직 가시지 않은 상태다. 나는 인간이 상상할 수 있는 가장 아름다운 광경을 향유할 수 있었다. 하지만 매우 아름다운 광경도 자주 보면 이내 질리기 마련이다. 눈길은 거기에 익숙해지고 심드렁해진다. 그런데 창이 난 위치 덕에 그런 문제에서도 비켜날 수 있었다. 토리노의 황홀한 시골 풍경을 한번 감상할라치면, 사다리 가로장 네댓

개를 밟고 올라서야 했기 때문이다. 이런 번거로움 때문에 경치를 감상하는 즐거움은 오히려 질릴 틈이 없었다. 피곤한 하루를 보내고 기분 전환이 필요하다 싶으면 나는 창문을 기어오르는 것으로 그날을 마무리했다.

일단 첫 번째 사다리 가로장을 밟고 서면 보이는 건 여전히 하늘뿐이다. 그러다 하나씩 밟고 올라갈수록 수페르가 대성당•과, 그 성당이 세워져 있는 토리노의 언덕이 서서히 눈앞에 펼쳐진다. 숲 그리고 비옥한 포도밭으로 덮인 언덕 위로 정원과 대저택들이 황혼빛에 자태를 뽐내며, 꾸밈없고 수수한 집들은 사색하기 좋은 현자의 암자처럼 골짜기 사이로 살포시 몸을 감추고 있다.

매혹의 언덕이여! 도심의 화려한 거리보다 그대의 인적 드문 오솔길을 사랑하여 그대 안의 고즈넉한 암자를 찾아 헤매는 나를 보았으리라. 매혹적인 그대의 골짜기에 영원히 묻혀 살고 싶은 조바심과 열망에 벅차 아침 종달새의 노랫소리에 귀 기울이며 푸른빛의 미로를 헤매는 나를 보았으리라. 매혹 가득한 언덕이여, 그대에게 경의를 표하노니. 내 마음에 새겨진 그대여, 천상의 이슬이 그대의 대지를 비옥하게 적시고 그대의 숲을 더욱 푸르게 만들어 주기를. 그리고 그대가 거둔 이들

• 스페인 왕위 계승 전쟁이 한창이던 1706년, 사르데냐 국왕 비토리오 아메데오 1세가 토리노를 포위한 프랑스 군대가 물러나기를 기원하며 성모 마리아를 위해 세운 대성당이다.

이 그대 안에서 평화의 행복을 느끼고 그대의 보살핌 속에서 육신의 건강과 마음의 평온을 찾을 수 있기를. 또한 그대의 행복한 땅이 참된 철학자와 그들의 뽐내지 않는 소박한 지혜 그리고 진실하고 살가운 우정이 영원히 깃들 수 있는 아늑한 쉼터가 되기를.

7
시상을 찾아서

저녁 8시 정각에 여행을 떠났다. 날씨가 평온한 게 아름다운 밤이 될 것 같았다. 물론 이 무렵 내가 처한 형편을 생각하면 이 꼭대기까지 나를 찾아올 이는 없을 테지만, 자정까지 그 누구의 방해도 받지 않고 혼자 있고 싶었기에 미리 필요한 조치를 해 두었다. 이번에는 그냥 내 방을 둘러보는 데 그치지 않을 작정이었으나, 이런 내 계획을 실행에 옮기는 데는 네 시간이면 충분할 터였다. 첫 번째 여행이 42일이나 소요됐던 이유는 그것을 줄일 재량이 내겐 없었기 때문이다. 그리고 마차를 타고 가는 사람이 놓치는 많은 것을 도보 여행자는 챙길 수 있을 것 같아 이번 여행에선 이전처럼 마차•에 크게 의존하지 않기로 했다. 이번엔 그 방법을 번갈아 취하여 상황에 따라 걷거나 마차를 탈 생각이었다. 이는 아직 다른 사람에게 얘기한 적이 없는 여행법인데, 얼마나 쓸모가 있을지는 두고 보면 알 테다. 끝으로 무엇 하나 빠뜨리지 않고자 여행하는 중간중간 기록할 것이고, 기록할 때는 내가 눈여겨본 바를 자세히 적으리라.

이런 나의 계획에 체계를 부여하고 그것이 제대로 되기를 바라는 의미에서 서두에 서간체 헌사를 넣으면 어떨까 싶었다. 좀 더 그럴듯하게 운문 형식으로 말이다. 여러 이점이 있었음에도 다음의 두 가지 문제 때문에 그 생각을 그만 접을까 했었다. 첫째는 헌정의 대상을 누구로 하느냐의 문제였고, 둘째는 어떻게 운문을 짓느냐의 문제였다. 이 문제들을 고민한 끝에, 우선 헌사를 최대한 잘 다듬은 다음 그 헌사를 받을 만한 이를 찾는 게 합당할 듯 보였다. 그리고 나는 글쓰기에 돌입했는데, 내가 쓴 첫 행에 맞는 운을 고르는

• 『내 방 여행하는 법』에서 저자는 의자에 앉아 상상의 여행을 떠나는데, 이를 마차를 타고 여행하는 것에 견주었다. 지난 여행에서는 의자가 마차였다면, 이번 여행에선 다른 사물이 그 자리를 대신한다.

데만 족히 한 시간이 걸렸다. 첫 행은 잘 쓴 것 같아서 바꿀 생각이 없었다. 그런데 때마침 다음과 같은 얘기를 어디선가 읽은 기억이 났다. 저 유명한 포프••는 시적 영감을 북돋기 위해 서재 안을 이리저리 부산히 움직이면서 다른 사람의 시를 한참 소리 내 읽었고, 그런 뒤에야 마음에 드는 시를 지을 수 있었다는 것이다. 나도 바로 그를 따라 해 보았다. 영감을 고양시키고자 방 안을 돌면서 오시안•••의 시집을 펼쳐 큰 소리로 읽었다.

그런데 시에 등장하는 발음하기 어려운 이상한 이름들 때문에 상상력이 자극받기는커녕 오히려 더 무뎌지는 듯했다.•••• 보바르더툴이니 매코르맥 같은 이름 앞에서 나는 멈칫할 수밖에 없었고, 몇 번 시도해도 허사였다. 하지만 그만둘 수는 없었다. 혀를 풀어야겠는데 당장 조약돌을 구하기 어려웠으니 데모스테네스•••••와는 다른 방식으로 해야 했다. 종이에 저 유명한 스코틀랜드의 시인이 사용했던, 낭랑한 울림의 시적인 이름들을 적었다. 그리고 방을 거닐며 큰 목소리로 가능한 한 정확하면서도 빠르게 따라 읽

•• 18세기의 영국 시인.

••• 스코틀랜드 시인 제임스 맥퍼슨이 구전되던 게일어 작품들을 모아 1760년에 영어로 번역·편찬한 서사시집의 화자이자 작자로 추정되는 인물이다. 실존 인물인지는 확실치 않지만, 오시안의 시집은 훗날 낭만주의 시인들에게 큰 영향을 미쳤다.

•••• 여기에 나오는 오시안의 시어들은 모두 게일어 계통의 고유명사다.

••••• 기원전 4세기 때 아테네의 웅변가이다. 그는 입안에 작은 조약돌을 넣고 긴 문장을 읽는 연습을 했다고 한다.

었다.

매코르맥, 커틀린, 크로타르, 보바르더툴, 코나차르, 코나르.

이름 하나하나를 발음할 때마다, 쇠막대를 톱질할 때처럼 온몸에 소름이 돋았다. 영감의 불을 피우기 위한 첫 불똥 때문에 그런 것이려니 하곤 아까보다 목소리를 한 옥타브 더 높여서 두 배나 더 열정적으로 읽어 나갔다.

콜쿨라, 콜데라, 콜라마, 콘모르, 크로마르, 크로마글라스, 쿨라린, 쿠라크.

잠시 벽에 기대어 가쁜 숨을 골랐다.

포바르고르모, 킨페나, 오이코마, 쿠토나, 트로마톤, 툴라톤, 툴로그.

과연 이 방법은 나의 상상력을 서서히 지피면서 시적 재능에 대한 자신감을 은근히 부추겼다. 만약 천장의 경사가 급하지 않아서 발을 움직인 만큼 내 이마 또한 방해를 받지 않고 전진할 수 있었다면, 나는 운문 형식의 위대한 헌사를 쓸 수 있었을 것이다. 그런데 그 저주받을 천장 대들보에 어찌나 세게 이마를 박았던지 집 천장이 다 울렸다. 지붕 처마 밑에서 잠자던 참새들은 혼비백산 날아갔고 나는 부딪친 충격으로 세 걸음 뒤로 나가떨어졌다.

8
층간 소음

이처럼 시적 영감을 북돋고자 집 안을 배회하며 낸 소음에 아래층에 사는 젊고 아리따운 부인은 내가 무도회라도 열었나 싶어 무슨 영문인지 알아보라며 남편을 보냈다. 그에게 문을 열어 줄 때도 아직 충격이 가시지 않은 상태였다. 음침한 표정의 중년 남자가 고개를 앞으로 쑥 빼고는 방 안을 휘둘러보았다. 나밖에 없다는 것을 알고는 화난 목소리로 말했다.

"이봐요, 선생, 내 아내가 두통에 시달리고 있소이다. 내 한마디 하겠는데……."

순간 나는 그의 말을 가로막았다. 멋진 표현과 함께 고귀한 영감이 떠올랐기 때문이다.

"아름다운 이웃께서 보내신 존경하옵는 전령이시여."

나는 음유시인처럼 말했다.

"어찌하여 그대의 눈은 크롬바의 검은 숲에 떨어진 두 개의 운석처럼 짙은 눈썹 아래서 이글거리고 있나이까? 아름다운 그대의 배우자께서는 한 줄기 빛이온데, 그녀의 휴식을 방해하느니 이 목숨 백 번 죽어 마땅하옵니다. 오, 친애하는 전령이시여, 그대의 어두운 낯빛은 흡사 폭풍의 먹구름이 밤의 얼굴을 칠흑으로 만들고 침묵의 모르벤 평원을 짓누를 때, 카모라 동굴 깊숙한 곳에 자리한 궁륭을 보는 듯합니다."•

이웃은 오시안의 시를 전혀 읽어 본 적이 없었나 보다. 유감스럽게도 그는 시적 영감의 분출을 광기로 오해하곤 매우 당황한 눈치였다. 그를 불쾌하게 할 마음은 없었기에 앉으라고 의자를 내주며 부드럽게 말했다.

•크롬바, 카모라, 모르벤, 모두 오시안의 시에 나오는 전설 속 지명이다.

포바르고르모, 킨페나, 오이코마, 쿠토나, 트로마톤, 툴라톤, 툴로그.

더 말하려고 하는데, 그가 슬슬 뒤로 내뺐다. 급기야 그는 성호를 그으며 중얼거렸다.

"에 마토, 페르 바코, 에 마토!"●●

●●저자는 여기서 이탈리아어를 사용한다. "그는 미쳤습니다, 바커스 신이시여, 그는 미쳤습니다."

9
인조 비둘기

그가 내 말뜻을 얼마나 잘 이해했는지 알고 싶은 마음은 없었으므로 그냥 가게 내버려 두었다. 평소처럼 나는 이 일을 기록으로 남기고자 책상에 앉았다. 그러나 안에 있는 종이를 꺼내려고 서랍을 열다 말고 바로 닫아 버렸다. 우리가 경험할 수 있는 가장 불쾌한 감정이 엄습했던 것이다. 바로 자존심의 상처. 이때 내가 경험한 경악에 가까운 느낌은 목마른 여행자가 맑은 연못에 입을 가져갔는데 바닥에서 자신을 노려보는 개구리를 발견했을 때의 그 느낌이었다.

책상 안에 있던 건 다름 아닌 태엽과 인조 비둘기 파편이었다. 아르키타스●의 비둘기를 본떠 내가 만들려 했던 비둘기였다. 이것을 만든다고 근 3개월 이상 오롯이 여기에만 매달렸었다. 대망의 시험일, 친구들을 놀래 줄 심산이었기에 누가 보지나 않을까 조심스레 문을 닫은 뒤, 비둘기를 책상 가장자리에 올려놓았다. 비둘기를 붙들고 있는 건 끈 한 가닥이었다. 그 운명의 끈을 자르고자 가위를 가까이 가져갈 때 심장은 얼마나 뛰고, 자부심은 얼마나 조바심을 쳤던지! 싹둑……. 비둘기의 태엽이 요란한 소리를 내며 작동하기 시작했다. 날아가는 모습을 보기 위해 고개를 들었는데, 몇 번 날개를 파닥이더니 그대로 책상 아래로 곤두박질쳐 박살이 났다. 마침 책상 아래서 자고 있던 로진은 어슬렁어슬렁 자리를 피할 뿐이었다. 닭이나 비둘기 혹은 작은 새를 보면 짖고 쫓느라 야단법석을 피우는 로진이 마루 위에서 파닥거리고 있는 내 비둘기엔 눈길조차 주지 않으니 나의 자존심은 일격을 제대로 맞은 셈이었다. 성벽에 올라 바람이나 쐬어야지 싶었다.

● 피타고라스학파 철학자이자 수학자였다. 특히 음악과 기술에 조예가 깊었던 그는 기계적으로 작동하는 비둘기를 만들었다고 한다.

10
비상

내가 만든 비둘기의 운명은 그리되었다. 내가 만든 비둘기가 하늘의 독수리를 쫓을 수 있으리라 기계를 다루는 나의 손재주를 믿어 의심치 않았는데, 그 비둘기에게 주어진 운명은 고작 땅이나 파는 두더지 신세였다.

원대한 희망을 품었다 좌절한 사람처럼 슬픔과 낙심에 겨워 발걸음을 옮기다 문득 하늘을 보니 머리 위로 두루미 떼가 날아간다. 잠시 걸음을 멈추고 그들을 바라본다. 삼각 편대를 이루며 날아가는 품새가 퐁트누아 전투• 당시 영국군의 전투대형을 보는 듯하다. 구름과 구름 사이를 헤치며 날아가는 모습에 조용히 혼잣말을 했다.

"아, 참 멋지게 잘 난다. 보이지도 않는 길을 잘도 찾아서 훨훨 나는구나!"

이런 말을 해도 될까 모르겠으나 실례를 무릅쓰고 한마디 하자면, 빌어먹을! 나는 난생처음 끔찍한 질투의 감정에 휩싸였다. 그것도 두루미에게 말이다. 그들이 지평선 너머로 사라질 때까지 난 질투의 시선을 거두지 못하였다. 그리고 나는 산책하는 사람들 사이에서 날래게 비상하는 제비를 보며 한동안 넋을 잃고 있었다. 마치 그런 광경을 처음 보는 양 나는 그들이 공중에 떠 있는 모습을 놀란 눈으로 바라보았다. 일찍이 경험한 바 없는 지극한 경탄의 감정이 가슴 가득 차올랐다. 처음으로 대자연을 목도한 기분이랄까. 날벌레의 윙윙거림과 새들의 노래까지 경이로웠다. 살아 있는 모든 것이 한데 어울려 내는 신비로운 소리는 굳이 의도하지 않더라도 조물주를 예찬하는 소리가 아니던가! 형언할 길 없는 그 연주 속에서 오직 인간만이 감사의 음조를 읊조

• 1745년 5월 11일, 오스트리아 왕위 계승 전쟁 중에 벌어진 전투 가운데 하나로 이 전투에서 프랑스는 영국－네덜란드－하노버 연합군을 격파했다.

릴 수 있는 고귀한 특권을 지니지 않았던가! 나를 달뜨게 만드는 황홀경 속에서 외친다.

"이 경이로운 세계를 지은 이는 누구며, 창조의 손을 벌려 창공에 첫 제비를 날린 이는, 나무에 명하여 대지로부터 싹을 틔우고 하늘을 향해 가지를 뻗도록 한 이는 대관절 누굴까? 어둠 속에서도 당당히 걸어가는 그대여, 일거수일투족이 경이와 사랑을 불러일으키는 그대여, 이곳을 더욱 아름답게 만들고자 그대를 이 지상에 내려보낸 이는 누구이옵니까? 그대의 신성한 형상을 설계하고 무구한 아름다움의 표정과 미소를 빚어내는 전능한 정신의 정체는……? 그리고 이토록 가슴 벅차하는 나란 존재가…… 이 땅에 존재하게 된 까닭은……? 한자리를 맴도는 인조 비둘기를 만들려고 했던 나는 과연 누구며, 어디서 온 것일까?"

인조 비둘기라는, 야만스럽게 들리는 이름을 입 밖에 낸 순간, 자다가 물벼락을 맞은 사람처럼 정신이 번뜩 돌아왔다. 사람들이 빙 둘러선 채 황홀경에 빠져 혼잣말하는 나를 유심히 쳐다보고 있었다. 내 앞으로 아름다운 조르지나가 걸어가는 모습이 보였다. 금빛 곱슬 가발 사이로 얼핏 드러난, 상기된 그녀의 왼쪽 뺨을 보노라니 잠시 떠나 있던 세상사 한가운데로 다시 돌아올 수 있었다.

11

시상의 혹

인조 비둘기 파편이 불러일으킨 상념에서 돌아오자 아까 부딪쳤던 곳이 아려 왔다. 이마를 만져 보니 혹이 나 있었는데 그곳은 갈 박사•가 시적인 영감이 깃드는 데라고 지목한 자리였다. 그때까지만 해도 그의 가설에 대해 별생각이 없었는데, 막상 겪고 보니 이 저명한 인물이 주장하는 바가 옳았다.

● 요제프 갈. 독일의 외과의사이며 골상학의 창시자다.

헌사를 탈고하기 위해 잠시 생각을 정리한 뒤 펜을 쥐고 써 나가기 시작했다. 이리 놀라울 데가! 펜촉에서 글월이 술술 새어 나온다. 한 시간도 안 되어 두 장을 족히 채웠다. 이런 것을 보면 포프는 시상을 떠올리고자 몸을 이리저리 움직였다지만, 나로선 머리를 세게 한 번 박은 것으로 충분하지 싶었다. 그런데 이 글을 독자들에게 보여 줄 순 없을 것 같다. 내 여행이 너무도 빠른 속도로 진행되고 있기에 그것을 다듬을 짬이 없기 때문이다. 비록 헌사는 공개하지 않지만, 머리를 부딪힌 덕에 귀한 발견을 할 수 있었다는 사실은 누구나 인정할 것이다. 물론 시인들이 이 방법을 과용할 순 없겠지만 말이다.

아무튼, 나는 이 새로운 방법의 효과를 믿어 의심치 않게 되었다. 나중에 스물네 편의 칸토•로 이루어진 장편시—「피뉴롤의 여죄수」와 함께 묶어 출간할 예정이었던—를 쓰게 되는데, 처음엔 굳이 운문체로 쓸 필요가 있을까 생각했다. 그런데 막상 500쪽이나 되는 초고를 정서하고 보니 내용과 형식에서 대부분 현대시의 특성을 띠고 있지 않은가.

이처럼 내가 발견한 사실을 곰곰이 생각하며 방 안을 배회하다 침대가 앞에 있길래 그 위에 털썩 주저앉았고 우연히 수면모자에 손이 닿았다. 이왕 손이 간 김에 나는 그것을

• 장편시의 한 부분.

머리에 쓰고 자리에 누웠다.

12
돌풍

침대에 누운 지 일각•쯤 됐을까, 여느 때와 달리 잠을 이루지 못하고 있다. 헌사를 생각하던 끝에 음울한 상념이 뒤를 잇는다. 양초는 거의 다 타들어 가 촛농받이에서 꺼질 듯 말 듯 음산하고 희미한 불빛만 내고 있다. 방 안은 무덤 속 같다. 순간 돌풍이 불어 창문이 활짝 열리고 촛불이 꺼지고 방문이 거세게 닫혔다. 어둠과 함께

• 15분.

음울한 상념도 더 짙어졌다.

과거의 모든 기쁨과 현재의 모든 고통이 마음 한곳으로 흘러들어 와 회한과 쓰라림이 차오른다. 끊임없이 근심을 잊고 머리에서 그것을 밀어내려 애쓰지만, 잠시 방심할라치면 수문이 열린 듯 한꺼번에 기억 속으로 밀고 들어온다. 그렇게 되면 그 물살이 이끄는 대로 갈밖에 다른 도리가 없다. 내 상념은 더욱 어두워지고 주변의 모든 것이 불길해 보인다. 그러다 나는 어리석은 내 모습에 급기야 웃음을 터뜨린다. 악의 기운이 절정에 이르면, 치유의 길이 열리는 셈인가.

아직 음울의 절정에 사로잡혀 있을 때, 좀 전에 창문을 열어젖히고 방문을 닫았던 돌풍이 방을 몇 바퀴 휘감고 난 뒤 책의 장들을 넘기고 '한밤중 내 방 여행하는 법'의 원고 한 장을 바닥으로 불어 내고 침대 장막을 펄럭이게 하더니 내 뺨에 이르러 잦아들었다. 거기서 선선한 밤기운이 느껴졌다. 나를 부르는 밤의 초대런가, 자연의 고요를 만끽하고자 사다리를 올랐다.

13
별

청명한 밤이었다. 실구름 같은 은하수가 하늘을 가로지르고 별들은 저마다 고운 별빛을 비추었다. 어느 한 별에 눈길을 두면 곁의 별들이 내 주의를 끌려는 듯 더욱 반짝였다.

별 총총한 하늘을 관조하는 일은 내겐 언제나 처음만 같을 매력이기에 단 한 번의 여행에서든, 단 한 번의 저녁 산

책에서든 하늘의 경이로움을 찬탄하지 않고 넘어간들 자책할 이유는 없다. 그 숭고한 관조에 잠겨 있으면 나의 생각이란 게 일절 부질없지만 그 안에서도 형언할 길 없는 희열을 발견한다. 아득한 저 세상에서 보낸 빛이 내 눈에 이른 게 우연이겠는가. 저마다 별들은 한 줄기 희망을 담고 내 마음을 비춘다. 정말 그럴까, 이때의 경이로움이라는 게 반짝이며 우리 눈을 자극하는 것 말고 우리와는 아무런 관계도 없는 건 아닐까? 경이로움이 펼쳐지는 곳까지 내 사고가 고양되고, 그 모습에 가슴이 벅차오르는데도 사람들 눈엔 이상하게 보일까? 영겁의 장관 앞에 선 덧없는 관객인 인간이 눈을 들어 하늘을 바라보는 건 찰나에 불과하며, 그 뒤 그의 눈은 영원히 감기리라. 그러나 인간에게 허락된 그 찰나의 순간에 하늘 어디에서건, 우주 그 어느 경계에서건 우리를 위로하는 한 줄기 별빛이 날아와 우리 눈가에 이른다. 그 빛이 전하는 건 영원과 인간의 만남이 존재하며 인간은 영원의 한 부분이라는 사실이다.

14

칙령

그러나 이런 사색에 빠져 만끽하는 기쁨을 흔들어 놓는 한 가지 불편한 감정이 있다. 미몽에 빠진 인간들을 위해서라도 하늘은 애써 숭고한 광경을 펼쳐 놓으려 하건만, 지금 이 순간 나와 더불어 그 광경을 향유하는 이의 수는 얼마나 보잘것없는가. 잠에 빠진 이들이야 하릴없는 일이고, 산책하던 이들이나 연극

관람을 마치고 나오던 이들이 잠시 고개를 들어 우리 머리 위 어디에서건 빛나는 성운의 반짝임을 바라보며 경탄이나 할까? 아니다, 조크리스와 스카팽•에 열광하였던 관객들은 고개를 들지 않을 것이다. 하늘이 있다는 사실조차 전혀 의식하지 못한 채, 헐레벌떡 귀가하거나 그냥 배회하리라. 얼마나 기막힌 노릇인가. 얼마든지 마음껏 볼 수 있는데 볼 마음이 없다는 건! 하늘이 언제나 가려져 있고, 그것을 보는 일이 주재하는 자의 뜻에 달렸다면, 다락방 로열박스는 그 자릿값을 매길 수 없을 테고, 토리노의 여인들은 내 방의 빛들이창을 서로 차지하려 다툴 것이다. 이에 나는 결기에 찬 목소리로 외친다.

"아, 내가 최고 권력자라면, 매일 밤 경종을 울려 남녀노소 지위고하를 막론한 모든 이를 창가로 보내 별을 보도록 만들겠노라."

그런데 내가 다스리는 왕국에서 홀로 간언할 수 있는 자격을 지닌 이성理性은 내가 선포하려는, 이 신중치 못한 칙령에 대해 다른 어느 때보다 더 신이 나서 따지고 든다.

"폐하, 하늘이 잔뜩 흐릴 수밖에 없는 비 오는 밤은 예외로 두셔야 할 것으로 사료되옵니다."

"오, 과연 그렇구나. 내 미처 그 점을 생각지 못했도다. 비

• 모두 몰리에르의 희극에 등장하는 인물이다.

오는 밤은 예외로 할 것을 명시토록 하라."

"폐하, 날씨가 맑더라도 몹시 춥거나 매서운 삭풍이 불 때도 예외로 하심이 어떠시온지요? 칙령을 너무 엄격히 시행하오시면 태평성대를 누리는 폐하의 백성이 독감에 시달릴까 염려되옵니다."

나는 계획을 실행함에 난관이 적지 않음을 깨닫기 시작한다. 하지만 접고 싶지는 않았기에 이렇게 말한다.

"의료위원회와 학술원에 전갈을 보내 우리 백성이 창가에 나가 별을 볼 수 있는 적정 기온이 몇 도인지를 결정토록 하라. 그리고 이 지시를 지체 없이 받들 것을 명하노라."

"아픈 이들은 어떡할까요, 폐하?"

"말해 무엇하느냐? 당연히 예외로다. 사람이 먼저이니라."

"제가 감히 폐하를 번거롭게 하는 것 같사오나 폐하께 한 가지 더 간청드리오니, 폐하께서 보시기에 칙령이 적절하고 그 시행에 큰 문제가 없을지라도 앞 못 보는 맹인도 예외로 하셔야 할 것 같사옵니다……."

심기를 상한 나는 그의 말을 가로막으며 말했다.

"그래, 이제 그게 다인가?"

"황공하옵니다, 폐하. 연인들은 어떻게 할까요? 하해와 같은 폐하의 성품으로는 그들에게 억지로 별을 보라고 하지는 못하실 것 같사온데?"

"됐다, 됐어. 이 칙령은 미루는 걸로 한다. 좀 더 고려해 보기로 하자. 이 문제와 관련해 상세한 보고서를 올리도록 하라."

오, 신이시여, 질서유지를 위한 칙령 하나 반포하는 데 따져 봐야 할 게 이리 많은 줄 예전엔 미처 몰랐습니다!

15
우주

내가 기꺼운 마음으로 관조하는 별은 가장 밝게 빛나는 별이 아니다. 아득히 멀리 떨어져 보일락 말락 한 아주 작은 별들을 좋아한다. 이유는 지극히 단순하여 누구라도 쉬 납득할 터다. 내 시선이 머나먼 별을 향해 긴 여정을 떠나는 만큼 나의 상상력이 경계 저편으로 긴 여정을 떠날 수 있고, 그리하여 전인미답의 머나먼 곳을 수월히 갈 수 있기 때문이다. 그리고 놀라운 점은 내가 그 먼 곳에 이르렀다 해도 그것은 방대한 우주의 한 초입에 불과하다는 사실이다. 그것을 넘어서면 무無가 시작되는 경계가 있으리라 여기는 건 어리석기 짝이 없다. 마치 무가 존재보다 더 이해하기 쉬운 것이라고 생각하는 것만큼 어리석은 일이다. 우주의 마지막 별이라 생각되는 곳을 넘어서도 또 다른 별이 있을 테고 그것 역시 마지막 별은 아니리라. 그 경계가 아무리 방대할지라도 창조에 경계를 부여하면, 우주는 자신을 둘러싼 무한한 공空에 견주어 한 점 빛에 불과하리니 무시무시한 칠흑의 공허 한가운데 매달려 홀로 타오르는 등불일 뿐이다.

그 자리에서 나는 주의가 산만해지지 않도록 두 손으로 눈을 가린 채 이런 주제에 걸맞은 깊이로 궁구해 들어갔다. 지극히 애쓴 끝에 나는 지금껏 등장한 것 가운데 가장 완벽한 우주 체계를 구성할 수 있었다. 그 상세한 내용을 여기 적기로 하겠다. 이는 내 평생에 걸친 사색의 결실이다.

"우주는 무한하고……."

아니다, 이 내용은 따로 한 장을 할애할 필요가 있겠다. 그리고 내용의 중요성을 고려하여 이 책에선 유일하게 제목도 달아 줘야겠다.•

• 본 번역서는 장마다 소제목을 달았다. 그러나 원본에는 다음의 16장을 제외하고 장 제목이 따로 없다.

16

우주 체계

우주 체계

우주는 무한하고 창조 행위 또한 무한하니, 나는 신이 자신의 무궁을 통해 무한한 공간에 무한한 세상을 창조했다고 믿는다.

17
아래층 여인

그런데 솔직히 고백건대 오늘날에 이르기까지 고금의 철학자가 상상력으로 빚어낸 체계들보다 내가 고안한 체계를 나 자신이 더 잘 이해하고 있는 건 아니다. 하지만 나의 체계는 그 방대함에도 단 몇 줄로 요약된다는 점에서 탁월하다. 꼼꼼한 독자들은 내가 이 체계를 온전히 사다리 위에서 구상했다는 사실을 눈여겨보셨으리라. 그런데 주제에 깊이 몰입해 있던 그 순간에 귓가를 살랑거리는 매혹적인 목소리에 홀리지만 않았더라도, 나는 온갖 첨언과 주석을 붙여 나의 가설을 성대하게 꾸몄을 것이다.

멀지 않은 어딘가에서 자네이다•를 포함하여 이제껏 내가 들어 본 목소리 가운데 가장 아름다운 목소리가 사랑의 노래를 부르고 있었다. 그것은 내 마음의 현을 영원토록 울리는 소리였다. 나는 그 노랫말을 하나도 놓치지 않았고 영영 잊을 수도 없었다. 좀 더 귀를 기울이니, 목소리는 내 발치에서 흘러나오는 게 아닌가. 안타깝게도 지붕 처마에 가려 주인공의 모습은 볼 수 없었다. 연가의 매력에 빠져들면 들수록 나를 잡아끄는 사이렌을 보고 싶은 욕망은 점점 커져 갔다. 제아무리 무정한 이라도 마음을 후비는 연가의 노랫말에 눈물을 흘리지 않을 수 없으리라. 이윽고 더는 호기심을 참을 수 없어, 나는 사다리 마지막 가로장까지 밟고 올라가 한 발은 지붕 가장자리를 딛고 한 손은 창문틀을 잡은 채 떨어질 위험을 감수하고 허공으로 몸을 내밀었다.

좌측 아래 발코니에 하얀 실내복을 걸친 젊은 여인이 보였다. 손으로 턱을 괴고 얼굴을 살짝 젖혀 준 덕에 별빛 어린 그녀의 아름다운 얼굴이 드러났다. 그녀는 나같이 공중에 매달린 여행자에게 그 우아하고 날씬한 몸매를 보여 주

• 프랑스 극작가 루이 드 카위삭이 쓴 희극 「자네이다와 알제리인」에 등장하는 인물이다. 그의 작품은 작곡가 장 필리프 라모의 음악이 더해진 오페라로 더 널리 알려졌다.

는 데 딱 알맞은 자세를 취하고 있었다. 아무것도 신지 않은 한쪽 발을 무심히 뒤로 빼고 발목을 살짝 기울이니 나는 어둠 속에서도 그 앙증맞은 발 크기를 짐작할 수 있었다. 그리고 옆에 벗어 놓은 작고 고운 실내화를 보며 나의 호기심 어린 눈은 더욱 확신에 찼다.

친애하는 소피여, 그대는 이때 내 처지가 얼마나 난감했는지 충분히 헤아려 주리라 믿어요. 아름다운 이웃을 놀라게 할까 봐 나지막한 탄성도 지르지 못하고, 아래 길가로 떨어질까 봐 옴짝달싹 못 한 내 처지를 말입니다. 그러다 탄식이 새어 나오기도 했는데, 반은 가까스로 삼키고 반은 산들바람에 실어 보낼 수 있었지요. 다시 그녀의 노래를 듣고 싶은 마음에 이렇게 위험한 자세를 하고서라도 몽상에 잠긴 아름다운 그녀를 언제까지나 바라볼 참이었답니다. 하지만 애석하게도 그녀의 노래는 다시 들리지 않았고, 내 몹쓸 팔자 때문인지 그녀는 더욱더 깊은 침묵에 빠져들었지요. 하염없이 기다리던 끝에 말을 걸어 볼 마음을 내었습니다. 격에 걸맞은 인사를 하고 그녀가 내게 불러일으킨 감정을 전할 요량이었습니다. 운문체의 헌사를 진작 마무리 짓지 않은 게 얼마나 후회가 되던지요. 이럴 때 요긴하게 썼을 텐데 말입니다. 하지만 필요한 순간에

임기응변의 능력을 발휘할 수 있었습니다. 이 아름다운 여인에게 잘 보이려는 절실한 마음과 온화한 별빛에 용기를 낸 나는 목소리도 가다듬을 겸 그녀가 놀라지 않도록 살짝 헛기침을 한 뒤, 더할 나위 없이 다정한 목소리로 말을 건넸지요.

"밤 날씨가 참 좋죠?"

18
대화

사소한 것도 그냥 넘어가는 성격이 아닌 드 오카스텔 부인이라면, 앞에서 말한 사랑의 노래가 어떤 노래였는지 자세히 얘기해 보라고 요구했을 듯싶다. 그랬다면 나로선 생전 처음 그녀의 청을 거절해야 하는 난처한 처지에 놓였으리라. 그 노랫말을 이 책에 옮기기라도 한다면, 사람들은 나를 그 가사의 지은이로 여기고선 머리에

혹이 나고 볼 일이라는 둥 듣기 싫은 고약한 농담을 해 댔을 것이다. 따라서 나는 여정의 일환으로 이 아름다운 여인의 얘기를 할까 하는데, 이때 벌어진 예기치 않은 소동과 거기서 내가 보여 준 섬세함만으로도 어떤 독자든 그 얘기에 충분히 흥미를 가지리라 보기 때문이다.

그런데 그녀가 무어라 대답을 했으며, 내가 건넨 그 멋들어진 인사에 어떤 반응을 보였는지 알아보기 전에, 자신들이 보기엔 내가 너무 진부한 방식으로 말을 걸었고 자신들이라면 훨씬 더 멋들어진 표현을 썼을 것이라며 나를 여지없이 깎아내리는 이들에게 먼저 한마디 하고자 한다. 그들에게 단언컨대 만약 내가 그 중요한 순간에 말재주나 부리려 했다면 오히려 진중하면서도 세련된 범절을 대놓고 어긴 꼴이 됐을 것이다. 아름다운 여인에게 말을 걸면서 듣기 좋으라고 처음부터 미사여구나 입에 발린 소리만 한다면, 나중에 좀 더 깊은 관계로 나아가려 할 때 보여 줄 수 있는 건 허세뿐이다. 또한 말재주나 부리려 한다면, 멋진 표현을 고민하느라 제 생각만 하게 되고 급기야 상대 여인은 안중에도 없게 된다.

여인들은 자신에게 집중해 주기를 원한다. 다 그렇지는 않더라도 여인들에겐 어떤 예민한 감각이 있어, 가까이 다가가 말을 나누고 싶은 마음에 건네는 첫마디 소박한 말이 허영에 찌든 발림수작보다 천 배는 낫고 심지어 운문의 헌사보다도 낫다는(이 점은 다소 의외다 싶을 것이다) 사실을 잘 안다. 그뿐만 아니라 (내 말이 역설적으로 들릴 수도 있겠지만) 진정한 인연은 마음에서 비롯되므로 오래 사귀려 한다면 이처럼 가벼운 말재주가 그리 바람직하진 않다는 사실도 잘 안다. 온전한 사랑을 해 보지 않은 이는 사랑이든 우정이든 그 사이에 긴 휴지부가 있으면 돈독함에 균열이 난다고 말하지만, 연인과 함께 있으면 시간은 언제나 찰나와 같고 침묵은 대화만큼이나 달콤한 것이다.

§

이런 나의 장황한 주장이야 그렇다 치고, 여기서 분명한 건 지붕 처마 위에서 내가 건넬 수 있는 가장 적당한 말이 바로 날씨 인사말이었다는 것이다. 듣고 싶은 소리의 미세한 뉘앙스까지 다 잡아낼 작정으로 온 신경을 고막에 집중한 뒤에야 나는 인사말을 입 밖에 냈다. 아름다운 여인은 고개를 들어 나를 쳐다봤다. 긴 머리칼이 돛처럼 퍼지면서 아름다운 얼굴을 도드라지게 하는 배경막이 되었다. 그녀의 얼굴은 별빛의 신비한 기운을 받아 빛나고 있었다. 이내 그녀의 입술이 열리며 거기서 달콤한 말이 흘러나올 찰나……. 아, 하늘이시여, 이 경악과 공포는 무엇이옵니까! 저 불길한 외침은.

"부인, 이 시간에 거기서 뭐하시오? 어서 들어와요!"

방 안에서 남자의 목소리가 쩌렁쩌렁 울렸다.

나는 돌처럼 굳어 버렸다.

19

지옥의 소리

그 앞에 선 죄인들을 공포로 떨게 한, 타르타로스•의 불타는 문이 활짝 열리면서 흘러나온 소리가 딱 그랬으리라. 아니, 시인조차 그 앞에선 할 말을 잃은, 지옥 밑바닥 일곱 굽이 스틱스 강에서 나는 소리가 딱 그랬으리라.

• 지옥의 어둠 또는 지하 세계의 심연을 가리킨다.

20

치명적 유혹

그때 별똥별이 허공을 가르고 이내 사라졌다. 잠시 빛에 팔렸던 눈을 발코니로 돌리니 작은 실내화만 남아 있었다. 나의 이웃께서 서둘러 들어가느라 그것을 미처 챙기지 못했나 보다. 나는 프락시텔레스•가 조각한 발을 감쌌던 고운 실내화를 하염없이 바라볼 뿐이었다. 그는 조각을 하면서 내가 차마 입 밖에 낼

• 기원전 4세기경의 그리스 조각가.

수 없는 어떤 정념에 사로잡혔을 텐데, 그 정념은 아주 기이한 방식으로 드러날 터였다. 다른 쪽으로 아무리 시선을 돌리려고 해도 거역할 수 없는 어떤 마력에 실내화에서 눈을 뗄 수 없었다.

뱀이 나이팅게일을 가만히 노려보면, 거역할 수 없는 주술의 희생물이 된 이 불운한 새는 탐욕스러운 파충류 앞으로 저절로 이끌려 간다는 얘기가 있다. 날쌔게 비상할 수 있는 날개를 지녔음에도 그는 파멸로 다가갈 뿐이며, 벗어나려고 제아무리 발버둥을 쳐도 한시도 눈길을 거두지 않는 포식자를 향해 저절로 빨려 들어갈 뿐이다.

실내화가 내게 미친 영향도 그러하였다. 실내화와 나 자신 중에 어느 쪽이 뱀이라고 딱 잘라 말할 순 없었는데, 자연법칙에 의거해 보면 둘이 똑같이 끌어당기고 있었기 때문이다. 그 영향력이 너무도 치명적이었기에 이를 내 상상력의 소산이라고도 볼 수 없었다. 빨려 드는 느낌이 너무도 생생하고 강렬하여 손을 놓고 뛰어내리고 싶은 충동을 두 번이나 느꼈다. 하지만 내가 뛰어내리려 하는 발코니는 창문 바로 아래쪽에 있지 않고 조금 비켜나 있었다. 뉴턴이 발견한 중력 법칙에 비스듬한 각도에서 내뿜는 실내화의 마력이 더해진다면, 나는 사선을 그리며 추락할 게 뻔했다. 착지점에서 벗어나 지금 내가 있는 높이에서 달걀만 해 보이는 초소 지붕 위로 곤두박질치고도 남았다……. 나는 창문틀을 꼭 붙잡은 채 초인적인 의지를 발휘하여 시선을 거둬 하늘을 바라보았다.

21
실내화

그와 같은 상황에서 내가 경험한 희열이 어떤 종류의 것인지 정의하기도 설명하기도 참 어렵다. 확실한 건 그 직전에 은하수와 별빛 총총한 하늘을 바라보며 느꼈던 희열과는 전혀 다르다는 점이다. 그런데 나는 인생에서 어떤 큰 고비를 맞을 때마다 내 영혼 안에서 어떤 일이 벌어지는가를 늘 헤아리고자 하는 사람이었기에 이 경우에도, 공정한 마음의 소유자가 있다고 할 때, 별을 관조하며 느낀 희열과 한 여인의 실내화를 바라보며 느낀 희열이 그에게 어떻게 유별한지를 분명히 알고 싶었다.

이를 위해 하늘에서 가장 반짝이는 별을 골랐다. 그것은 내 머리 바로 위에 떠 있는 별로 내가 제대로 짚었다면 카시오페이아좌일 터였다. 별을 보다 실내화를 보고 다시 실내화를 보다 별을 보았다. 두 사물이 주는 느낌은 근본적으로 달랐다. 하나는 머리에, 다른 하나는 마음에 그 옥좌를 차리는 듯했다. 이런 고백을 하는 게 좀 부끄럽지만, 마성의 실내화로 나를 이끄는 힘은 내가 가진 다른 모든 능력을 속수무책으로 만들었다. 좀 전에 별을 보며 열광했던 감흥은 겨우 남은 둥 만 둥이었다. 그러다 발코니 문이 열리면서 대리석보다 더 하얀, 자그마한 발이 가만히 앞으로 나와 그 앙증맞은 실내화에 스며들자, 겨우 남아 있던 감흥마저 온데간데없이 사라졌다. 다시 말을 붙이고 싶었다. 그러나 아까처럼 미리 준비할 짬도 없었던 데다 평상심을 잃고 적당한 말을 고르지 못해 허둥대는 사이, 발코니 문은 다시 닫히고 말았다.

22
새로운 사랑법

앞서 쓴 이야기들로 드 오카스텔 부인의 비난을 득의만면하게 받아쳤기를 바란다. 그녀는 나의 첫 여행에 사랑 얘기가 전혀 없었다며 주저 없이 날 헐뜯기도 하였다. 비록 아름다운 이웃과 벌인 사랑의 모험은 더 나아가진 못했지만, 내가 행복을 느꼈던 다른 여러 경우와 비교할 때, 이에 견줄 만한 것이 없을 정도로 더없이 만족스러웠다. 삶을 누리는 저마다의 방식이 존재하겠지만, 다른 무엇보다 지금 이 순간까지도 나를 행복에 젖게 하는 어떤 발견에 대해 독자 여러분께 아무 언질도 주지 않는다면 그건 독자 여러분의 후의를 저버리는 일이 될 것이다. 단, 이 발견은 우리끼리만 아는 것으로 하자. 왜냐하면 수많은 번거로움을 걷어 낸, 예전보다 훨씬 유리한 사랑법이기 때문이다. 특히 이 사랑법은 나의 새로운 여행법을 따라 하고자 하는 이들에게 적합할 터이므로 그들을 위해 다음 몇 개의 장에 걸쳐 그 지침을 설명하련다.

23
세상의 모든 여인

살면서 눈여겨본 결과, 기존의 평범한 방식으로 사랑을 할 때면 감정은 소망과 따로 놀고 상상하던 것은 모든 부분에서 어긋난다. 왜 그럴까 곰곰이 생각하다가 사랑의 대상을 한 개인이 아닌 이성 전체로 확대할 수 있다면 어떤 식으로든 명예에 흠가는 일 없이 새로운 형태의 기쁨을 누

릴 수 있을 것 같았다. 사실 세상에 존재하는 모든 사랑스러운 여인과 사랑에 빠질 수 있는 남자의 마음을 누가 뭐라 할 수 있겠는가?

그렇습니다, 부인. 나는 그들을 모두 사랑합니다. 내가 익히 알고 있거나 소개받기를 기다리는 여인들뿐만 아니라 지구 상에 존재하는 모든 여인을 사랑합니다. 더 나아가 과거에 존재했거나 미래에 존재할 모든 여인 그리고 나의 상상력이 무無에서 빚어낼 그 무수한 여인들까지 저는 사랑하지요. 한마디로 여인이란 여인은 모두 내 사랑의 드넓은 품 안에 있답니다.

이러할진대 그 어떤 부당하고 이해할 길 없는 변덕으로 내 마음을 사회가 규정한 좁은 틀에 묶어 놓을 필요가 있을까? 무엇 때문에 마음의 자유로운 비상을 왕국이나 공화국의 틀 안에 묶어 두려는 것일까?

§

젊은 인디언 미망인●이 폭풍으로 잘려 나간 참나무 밑동에 앉아서 휘몰아치는 바람에 탄식을 뱉는다. 위쪽엔 그녀

●저자가 묘사하고 있는 그림은 18세기 영국 풍경화가 조지프 라이트 오브 더비가 그린 「인디언 미망인」 혹은 「전사한 남편의 무기를 바라보고 있는 인디언 추장의 미망인」이라는 제목의 작품이다.

가 사랑했던 전사의 무기가 걸려 있고, 그것들이 부딪치며 내는 애도의 소리에 행복했던 지난날이 그녀의 가슴에 사무친다. 그때 번개가 구름을 가르자 초점을 잃은 그녀의 눈에 섬광이 비친다. 어떤 위로도 받지 못하고 홀로 망연자실한 그녀를 삼킬 불길이 준비되는 동안, 그녀는 생을 도모하지 않고 가혹한 편견에 의해 선택할 수밖에 없는 고통스러운 죽음을 기다리고 있다.

이 불행한 여인을 위로하고자 다가갈 때, 감수성 여린 사내가 느끼는 희열은 얼마나 감미로우면서도 애틋한가! 상상 속에서 나는 그녀 옆 초원 위에 앉아 가혹한 죽음의 결심을 만류하며, 그녀의 비탄과 나의 비탄, 그녀의 눈물과 나의 눈물이 뒤엉킨 속에서 그녀의 고통을 덜어 주고자 애쓰는데, 온 마을 사람이 남편이 뇌출혈로 갑자기 세상을 떠난 A 부인 댁으로 모여들었다. 그 슬픔을 안고 삶을 부지할 마음이 없었던 부인은 벗들의 눈물과 기도에도 아랑곳하지 않고 식음을 전폐하였다. 그런데 조심성 없는 이에게 남편의 소식을 전해 들은 그날 아침 이래, 이 불행한 여인이 섭취한 것이라곤 비스킷 한 조각과 스페인산 말라가 포도주 한 잔이 다였단다. 내가 슬픔에 빠진 이 여인에게 보여 줄 수 있는 건 내가 생각하는 우주 체계•의 법칙을 거스르지 않는 한에서 더하지도 덜하지도 않은 관심이었다. 그러나 이내 은근히 질투의 감정이 일면서, 나는 그녀의 집을 빠져나왔다. 나란 사람은 조문을 하는 무리와도, 쉬 위로를 받는 사람과도 엮이고 싶지 않았던 것이다.

불행에 처한 아름다운 여인들에 대한 내 마음은 각별하나 그들에게 애틋한 감정을 갖는다 해서 행복에 겨운 여인들에 대한 나의 관심이 덜하거나 하진 않는다. 이러한 기질 덕에 나는 무수히 다양한 형태의 희열을 만끽할 수 있었다. 슬픔에 빠져 있다가도 기뻐하고, 감정적으로 차분한 상태에 있

•이 책의 16장 참조.

다가도 열광의 도가니에 빠질 수 있는.

§

나는 종종 옛날 역사에서 비극적 운명의 바랜 기록들을 죄 들어낸 채 뜨거운 사랑 이야기만 따로 엮어 보기도 하였다. 수없이 그러고 싶었지만, 나는 자식을 살해하려는 비르기니우스의 손을 제지하여 극악한 범죄의 피해자이자 극단적 체면의 피해자인 불운한 딸을 구해 낼 수 없었다. 이 사건••을 떠올릴 때마다 나는 공포로 치를 떤다. 그로 인해 민중 봉기가 일어났다는 사실이 하나 놀랍지 않을 정도다.

인정과 분별을 갖춘 사람이 있어, 내가 그 사건을 좋은 쪽으로 풀어내 보려는 것을 감사히 여겨 주었으면 한다. 세상살이를 조금이라도 아는 사람이라면 나처럼 이런 상상을 해 보았으리라. 그러니까 10인 위원회의 그 사람을 그렇게 막아서지만 않았다면, 정념에 사로잡힌 이 남자는 비르기니아의 정절을 합당히 지켜 줄 수 있지 않았을까. 처음엔 반대해

●●티투스 리비우스의 『로마 건국사』에 나오는 일화다. 로마의 귀족 비르기니우스에겐 비르기니아라는 딸이 있었다. 그녀를 탐낸 로마 10인 위원회의 한 사람인 아피우스는 건달 클라우디우스와 계략을 꾸며 비르기니아에게 도망친 노예라는 누명을 씌운다. 딸을 빼앗기게 된 비르기니우스는 딸이 능욕당하는 꼴을 볼 수 없어 자신의 손으로 딸을 죽이고 만다. 비르기니우스마저 사형에 처하려는 아피우스로 인해 민심이 동요하고, 결국 민중 봉기가 일어나면서 10인 위원회는 해체되고 아피우스는 투옥된다.

도 결국 아버지 비르기니우스는 분노를 누그러뜨리고 그들은 법이 정한 절차에 따라 결혼식을 올렸을 수도 있을 것이다. 하지만 구애를 거절당한 그는 어떻게 되었는가? 비르기니아의 죽음으로 그가 얻을 수 있는 게 무엇이었던가?

친애하는 마리여, 그대가 그의 운명을 딱하게 여기기에 내 한마디 하자면, 비르기니아가 죽고 6개월 뒤 그는 사랑의 아픔을 잊었을 뿐만 아니라 다른 이와 행복한 결혼 생활을 영위하게 됩니다. 그리고 자식을 몇 명 낳은 뒤 상처를 하고, 그로부터 6주 뒤 호민관의 미망인과 재혼하지요. 오늘날까지 알려지지 않았던 이런 정황은 어느 이탈리아의 고문헌학자가 암브로시아나 도서관•에 소장된 고문서 수사본••을 해독함으로써 밝혀졌습니다. 유감스럽게도 이런 얘기는 이미 장황하기 그지없는 가증스러운 로마공화정의 역사에서 한 쪽을 더 얹는 정도입니다.

• 이탈리아 밀라노에 있는 유서 깊은 도서관으로 1609년에 개관했다.

•• 티투스 리비우스의 『로마 건국사』 수사본을 가리킨다. 사실 이 수사본은 여러 곳에 흩어져 있었는데, 처음 발견된 곳은 암브로시아나 도서관이 아닌 바티칸 도서관으로 알려져 있다.

24
비르기니아를 구출하다

한번은 비르기니아의 목숨을 구해 준 적이 있는데, 그때 그녀의 사의를 정중히 사양했었다. 자초지종은 이렇다. 아름다운 여인을 돕고 싶은 변함없는 열망에 나는 밤비 내리는 어둠을 틈타 베스탈리스 처녀를 생매장한 지하 납골당으로 갔다. 베스타 성화를 지키지 못하고 꺼뜨린 죄 때문인지 아니면 그 성화에 살짝 데인 죄를 물어 그러했는지 모르겠지만 로마 원로원은 그녀를 생매장하였다.• 나는 조심조심 로마의 구불구불한 골목길을 걸어갔다. 비록 위험이 따르는 행동이었지만 선한 행위를 한다는 생각에 마음이 벅차올랐다. 거위들을•• 깨울까 봐 카피톨리누스 언덕을 우회하였고, 아무에게도 발각되지 않고 콜리나 성문을 통과하여 납골당에 도착했다.

납골당을 막고 있는 돌을 들어 올리는 소리가 나자 이 불행한 처녀는 축축한 지하 바닥에 엎드려 있다 헝클어진 머리를 들었다. 납골당을 밝힌 등불에 그녀는 넋이 나간 듯 주변을 살폈다. 혼이 반쯤 나간 이 가엾은 희생양은 어느덧 자신이 코퀴토스••• 강둑에 왔나 보다 생각했다.

"오, 미노스 신이시여!"

그녀는 울부짖었다.

"준엄하신 심판관이시여, 제가 이승에서 베스타의 엄격한 율법을 어기고 사랑을 했던 것은 사실이옵니다. 만약 신

• 베스타는 고대 로마의 여신으로 '아궁이의 신'이라고 불리는 건강과 가정의 수호신이다. 이 여신을 기리는 신전에는 신상이 없고 대신 성화가 타올랐다. 이 신전을 지키는 무녀를 베스탈리스라고 하며, 순결을 지키지 못하면 생매장당했다.

•• 리비우스의 『로마 건국사』에 나오는 일화다. 기원전 390년, 갈리아의 켈트인들이 로마를 약탈할 때였다. 켈트인들이 주피터 신전이 있는 카피톨리누스 언덕에 몰래 침입했는데, 유노 여신의 신성한 거위들이 그 침입 사실을 알렸다고 한다.

••• 그리스 로마 신화에 등장하는 저승의 강 가운데 하나. 이 강을 건널 때 자신의 과거가 비친다고 하여 '시름의 강'이라고도 불린다.

도 인간과 마찬가지로 야만스럽기 그지없다면, 타르타로스의 심연을 제게 펼쳐 보이소서. 저는 사랑을 하였고, 여전히 사랑하는 존재입니다."

"아닙니다. 아니에요, 그대는 저승에 온 게 아닙니다. 가엾은 처자여, 나오세요. 다시 지상으로 올라가 광명과 사랑을 되찾으세요!"

납골당의 냉기로 얼음장 같아진 손을 잡고 품에 꼬옥 안고서 그 끔찍한 곳에서 그녀를 데리고 나왔다. 그녀의 가슴은 두려움과 고마움으로 심하게 요동치고 있었다.

부인, 부디 내가 무슨 사심으로 이런 선행을 한 게 아니라는 점을 명심하세요. 내가 그 아름다운 베스탈리스 처녀를 위해 한 일에는 그녀의 환심을 사려는 생각이 눈곱만큼도 없었으

니까요. 여행자의 언어로 전하건대 콜리나 성문에서부터 오늘날 스키피오의 무덤이 있는 곳까지 걸어오는 내내, 칠흑 같은 어둠 속이었음에도, 기력이 쇠한 그녀를 팔로 부축해야 하는 상황이었음에도, 단 한순간도 불행한 처지의 그녀를 함부로 대하지 않았고 길에서 기다리고 있는 그녀의 연인에게 그녀를 고이 데려다주었을 뿐입니다.

25
사비니 여인들의 납치

한번은 상상에 이끌려 따라가 보니 사비니 여인들이 납치당하는 현장이었다.[•] 내가 역사를 통해 알고 있던 것과 전혀 딴판으로 행동하는 사비니 남자들을 보고 깜짝 놀랐다. 처음엔 무슨 소동인지 알 수 없었다. 그러던 중 나는 도망치는 한 여인을 지켜 주었다. 그런데 그녀를 데

● 로마를 건국한 로물루스가 도시에 여자들의 수가 적자 이웃 사비니 지방에 쳐들어가서 여자들을 납치해 온 사건이다.

리고 피하는 와중에 한 성난 사비니 남자가 절망에 겨워 외치는 소리를 듣고는 웃음을 터뜨리지 않을 수 없었다.

"영원불멸의 신이시여, 저는 왜 이 연회에 제 아내를 데려오지 않았단 말입니까?"

26

엘리자

이런 말을 하면 사람들이 믿어 줄지 모르겠지만, 나는 세상 사람의 반●에게도 그토록 애틋할 뿐만 아니라 생명이 있든 없든 모든 존재에 대해서도 애틋하다. 그늘을 드리워 주는 나무, 잎사귀 사이로 지저귀는 새, 올빼미의 밤 울음소리 그리고 흐르는 강물 소리를 사랑한다. 나는 이 모든 것을 사랑한다……. 그리고 달님도

● 여자를 가리킨다.

사랑한다.

웃으시는군요, 아가씨! 자신이 공감하지 못하는 감정을 비웃기는 쉽지요. 하지만 나와 같은 마음을 가진 이라면 이해할 것입니다. 그렇습니다. 저는 저를 둘러싼 세상 모든 것에 진정한 애정의 마음을 갖습니다. 제가 밟고 가는 길도, 목을 축일 수 있는 샘물도 사랑합니다. 생울타리를 지나며 어쩌다 가지를 부러뜨리면 마음이 아픕니다. 그것을 한쪽으로 던져 놓고도 한참을 돌아봅니다. 그것만으로도 인연이 맺어졌기 때문이지요. 떨어지는 낙엽에도, 심지어 스치는 산들바람에도 회한이 감돕니다. 엘리자, 마지막 작별을 고하던 날, 두아르 강둑 위에서 내 곁에 앉아 슬픈 침묵 속에 나를 바라보던 날, 당신의 검은 머리카락을 찰랑이게 했던 산들바람은 지금 어디 있나요? 당신의 눈빛은, 애달프고 애틋했던 그 순간은 지금 어디에 있습니까?
시간이시여! 가혹한 신이시여! 나를 두려움에 떨게 하는 건 당신의 무시무시한 낫이 아닙니다.• 제가 저어하는 건 우리 인생의 4분의 3을 길고 긴 죽음의 상태로 만들어 버리는, 냉담과 망각이라는 그대의 흉측한 자식들입니다.

• 크로노스를 가리킨다. 그는 농경의 신이기도 하여, 손에 낫을 쥐고 있다.

아, 그때의 산들바람, 그때의 눈빛, 그때의 미소는 아리아드네의 파란만장한 모험처럼 아득하기만 하다. 내 가슴 저 깊은 곳에는 오직 회한과 부질없는 추억만이 남아 있다. 폭풍에 난파된 배가 여전히 성난 바다 위를 부유하듯 내 인생은 그 슬픔이 얽히고설킨 곳을 떠다닌다.

27
난파

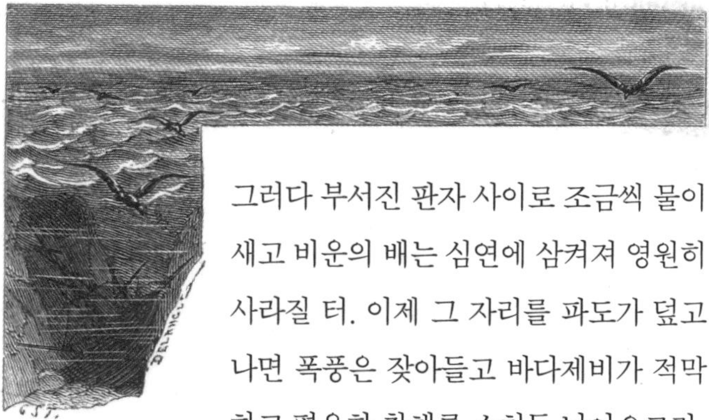

그러다 부서진 판자 사이로 조금씩 물이 새고 비운의 배는 심연에 삼켜져 영원히 사라질 터. 이제 그 자리를 파도가 덮고 나면 폭풍은 잦아들고 바다제비가 적막하고 평온한 창해를 스치듯 날아오르리.

28
새로운 사랑법에서 주의할 점

이야기가 점점 음울해지는 것 같으니 내가 발견한 새로운 사랑법에 대한 얘기는 이쯤에서 멈춰야 할 것 같다. 그럼에도 이 자리에서 나이를 막론하고 누구에게나 똑같이 적용할 수 없는 이 발견에 대해 몇 가지 짚고 넘어가는 게 좋겠다. 스무 살 때는 이 방법을 사용하지 말 것을 권한다. 정작 이 방법을 발견한 사람도 그 나이 때는 사용하지 않았다. 그 방법으로 최대의 효과를 내려면, 좌절하는 법도 진력내는 법도 없이 인생의 쓴맛과 단맛을 두루 맛본 뒤여야 한다. 이 시점이 애매할 수도 있는데, 좀 더 구체적으로 말하면 이 방법은 이성이 젊은 시절의 습관을 그만두게 하고, 쾌락에서 지혜로 넘어가는 매개이자 통로 역할을 하는 바로 그 나이 때에 가장 효과가 크다. 도덕주의자들의 관찰에 따르면 이렇게 넘어가는 과정은 여의치 않다. 흐트러짐 없이 그 과정을 건널 수 있는 고귀한 용기를 지닌 이는 극히 드물다. 건너기는 잘 건넜어도, 넘어간 곳에서 따분함을 느끼고 그러다 머리가 희끗희끗해질 무렵 열패감을 안고 다시 건너오는 사람도 적지 않다.

나의 새로운 사랑법이라면 이런 문제를 쉽게 피할 수 있다. 사실 우리의 쾌락은 대부분 상상놀음 그 이상도 이하도 아니므로, 아이에게 단것 대신 장난감을 안겨 주듯 상상력에게 가짜 먹이를 줘서 우리가 유혹에 넘어가지 말아야 할 대상에서 주의를 돌리도록 하면 된다. 그럼 자신이 이미 우여곡절의 여정을 거쳐 그 지혜의 땅에 이르렀다는 사실을 자각하지 못한 상태에서 그곳에 스며들 시간이 마련되는 것이다. 이렇게 하면 많은 이가 그 지혜의 땅에 쉽게 자리를 잡을 수 있다.

쓸모 있는 존재가 되고 싶어 펜을 쥐고 이런 글을 쓴 것은 잘못된 판단이 아니었던 것 같다. 다만 한 가지 내가 경계해야 할 것이 있다면, 사람들에게 이런 진실을 알렸다는 사실에서 자연스레 우러날 수밖에 없는 자부심 정도랄까.

29

삶의 길라잡이

친애하는 소피여, 이런 비책들을 얘기하고 있다고 해서 아직 내가 창가에 불편한 자세로 매달려 있다는 사실을 잊으시면 안 됩니다. 나는 이웃집 여인의 고운 발이 불러일으킨 감흥에서 채 벗어나지 못하였고 실내화의 치명적인 유혹에 푹 빠져 있던 터라, 그때 어떤 예기치 않은 일이 벌어지지 않았다면 6층 높이에서 길바닥으로 곤두박

질치고 말았을 겁니다. 그런데 건물 주변을 맴돌던 박쥐 한 마리가 오랫동안 꼼짝하지 않고 있는 나를 보고 굴뚝쯤 되는 줄 알았는지 갑자기 날아와 내 귀에 매달렸지 뭡니까. 뺨에 닿은 박쥐의 축축한 날개에서 섬뜩한 냉기가 전해지자 공포에 질려 내뱉은 나의 비명 소리는 토리노를 쩌렁쩌렁 울리고도 남았지요. 멀리선 초병들이 "누구냐, 꼼짝 마라!" 외치고, 길에선 순찰병들의 다급한 발소리가 들렸습니다.

이제 더는 나를 끄는 것이 없었으므로 발코니에서 시선을 거두는 게 그리 어려운 일은 아니었다. 밤의 한기가 느껴졌다. 전신에 오한기가 나서 가운을 여미는데, 박쥐의 기습과 한기의 엄습만으로 상념의 흐름이 바뀌었다는 생각이 들자 씁쓸했다. 그 순간엔 마성의 실내화도 머리털자리 같은 별자리보다 더 큰 영향을 미치지 못했다. 문득 밤에 잠을 자라는 자연의 명을 거역하고 추위에 떨었던 나 자신이 그리도 한심할 수 없었다. 그때야 비로소 내 안에서 제힘을 발휘하기 시작한 이성이 유클리드의 명제를 증명하듯 그 사실을 내게 분명히 보여 주었다. 한순간 상상력과 정념을 빼앗긴 나는 비참한 현실 속에 속수무책으로 내던져진 존재가 되었다.

가련한 신세여! 숲 한가운데 선 고목이나 광장 한가운데 선 오벨리스크와 무에 다른지! 통탄스럽게 외치노니, 인간의 머리와 가슴은 참으로 요상한 기관이 아닐 수 없다! 두 기관이 번갈아 가면서 서로 다른 방향으로 끌고 가면, 우리는 마지막에 끄는 것을 최선이라 여기지 않겠는가! 차가운 이성은 정념과 감정의 어리석음을 한탄하고, 감정은 우유부단한 이성을 한탄한다. 어느 누가 두 주장 가운데 한쪽을 취할까?

말이 나온 김에 남은 인생의 길라잡이로 둘 가운데 어느 쪽을 택할지 이 자리에서 결정하는 게 좋을 듯했다. 자, 앞으로 나는 머리를 따를 것인가, 가슴을 따를 것인가? 이제 그 문제를 다뤄 보자.

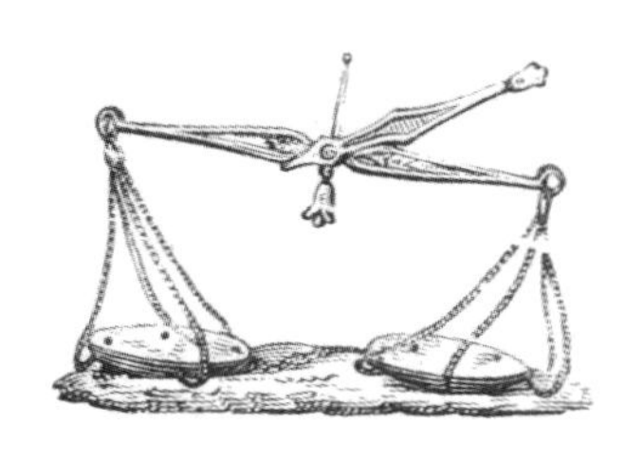

30

데이지 꽃

이런 생각을 하고 있는데, 사다리를 딛고 있는 발이 저려 왔다. 그리고 그때까지 불편한 자세를 취하고 있어 극도로 피곤하기도 했다. 몸을 접듯이 서서히 앉았다. 창문틀 안팎으로 다리를 걸치고 앉으니 이제 말을 타고 여행하는 모양새가 됐다. 평소에도 나는 이런 식으로 여행하는 것을 좋아하며,

말에 대한 애정도 각별하다. 그런데 직접 보았거나 얘기로만 들었던 말 가운데 내가 정말 소유하고 싶었던 말은 『천일야화』에 등장하는 목마였다. 그 말에 올라타면 하늘을 날 수 있고, 양쪽 귀 사이에 있는 손잡이를 돌리면 전광석화처럼 이동할 수도 있었다.

그런데 이렇게 보니 내가 올라탄 말은 영락없이 『천일야화』의 말이다. 앉은 모양새가 창턱에 기마 자세로 걸터앉은 셈이 된 여행자는 한쪽으로는 하늘과 이어져 있어 천체와 유성을 마음껏 바라보며 자연이 선사하는 웅장한 광경을 즐길 수 있고, 다른 한쪽으로는 집 안과 나의 현존을 일깨워주는 그 안의 살림을 바라보며 현실로 돌아올 수 있다. 마법의 손잡이를 돌릴 것 없이 고개만 돌리면 여행자의 영혼 속에 펼쳐진 풍경이 신기하리만치 금세 바뀐다. 지상과 하늘을 번갈아 옮겨 다니며 정신적으로든 감성적으로든 여행자는 인간이 누릴 수 있는 모든 희열을 만끽할 수 있다.

무엇보다 이런 말을 타고 여행하면 좋은 점이 있다. 도둑을 만날 걱정도, 말이 발을 헛디딜 걱정도 할 필요 없이 안장에 제일 편안한 자세로 앉아서 갈 수 있는 것이다. 그리고 그 상태에선 나의 오랜 숙제였던 이성과 감정의 우열 문제를 따져 보기에도 좋다. 그런데 그 문제를 숙고하기 시작하자마자 말고삐를 잡아당기게 하는 것이 있었다.

과연 내가 이런 문제를 제대로 판단할 수 있을까? 양심적으로 말하건대 나는 이미 감정 쪽으로 판단이 기울어 있지 않은가? 그런데 다른 한편, 머리보다 가슴에 우위를 두는 사람을 다 배제한다면, 누구에게 제대로 된 판단을 의뢰할 수 있을까? 기하학자? 어림도 없는 소리다. 그는 자신의 모든 걸 이성에 팔아넘긴 자다. 이 문제에 대해 제대로 판단 내릴 수 있는 사람은 타고나길 이성과 감정의 역량을 고루 갖추고, 결정의 순간에 두 능력을 완벽하게 균형 잡을 수 있어야 하는데……. 그러나 그런 사람이 존재할 리 없다. 차라리 균형과 조화를 갖춘 공화정을 기대하는 게 더 가능성이 있을지 모른다.

결국 판관자로서 딱 들어맞는 사람을 한 명 고른다면, 그는 어느 쪽과도 접점이 없는 사람일 터이니 한마디로 머리도 가슴도 없는 사람이어야 한다. 이 해괴망측한 결론에 나의 이성은 격분하고, 나의 가슴은 거기에 동의할 수 없다며 반박한다. 그런데 이런 나의 추론이 논리적으로는 문제가 없어 보인다. 하지만 역사상 위대한 철학자라는 자들이 이처럼 고차원의 형이상학적 문제를 성찰할 때, 거기서 이끌어 내곤 했던 역겹기 그지없는 결론들이 인류의 행복에 얼마나 큰 폐해를 끼쳤는지 내가 미처 알지 못했다면, 나 역시 지성이라는 이름으로 최악의 결론을 이끌어 냈을지 모른다.

나로선 생각만 그리했을 뿐, 누군가에게 피해를 입힌 바 없으니 다행이다. 남은 인생, 이 문제에 대한 결론을 짓지 않고 때로는 머리를, 때로는 가슴을 따르며 살아가련다. 이것이 최선의 방법이 아닌가 싶다. 사실 그렇게 산다고 한들 여태 내게 무슨 부귀영화가 주어질 일도 아니다. 아무렴 어떤가. 두려움도 포부도 없이 인생의 가파른 오솔길을 내려갈 때, 희비가 갈아들기도 하고, 한번에 희비가 찾아들기도 하리라. 기나긴 여정에 무료해지면 옛 노래를 휘파람에 실어 보내며 나는 그렇게 가련다. 어떤 때는 생울타리 귀퉁이에서 데이지 꽃 한 송이를 꺾어 들고 꽃잎을 한 장씩 떼어 내며 중얼거리기도 하리라.

"그녀는 날 조금 사랑한다, 날 많이 사랑한다, 날 열렬히 사랑한다, 날 사랑하지 않는다."

마지막 꽃잎은 거의 언제나 '사랑하지 않는다'의 몫이다. 그래, 엘리자는 이젠 날 사랑하지 않지.

그러나 이러는 사이, 생명을 가진 것들의 한 세대는 지나간다. 거대한 파도처럼 그 세대는 나를 이끌고 영원의 해변에 이르러 포말로 부서지리라. 그런데 생의 폭풍은 그리 거세지도 않거니와 그것이 우리를 존재의 마지막 경계로 밀어붙이는 속도마저 너무 느리다는 듯이, 우리는 국가 단위로 쪼개어져 서로의 숨통을 죄는 데 혈안이 되어 있다. 그렇게 우리에게 주어진 천수를 앞당기기 바쁘다. 정복자들이라 할지라도 휘몰아치는 시간의 소용돌이에 끌려다니는 신세건만, 그들은 수많은 인명을 학살하는 데 여념이 없다.

> 이 사람들아, 당신들 제정신이오? 잠깐 멈추라고요! 이 선한 사람들은 자연히 죽을 운명이잖소. 밀려오는 저 파도가 보이지 않소? 해안에 이르러 벌써 포말로 부서지는데……. 제발, 잠시만 멈춰요. 그대나 그대의 적이나 혹은 나 자신이나 데이지 꽃이나 모두 끝을 향해 가고 있지 않는가 말이오! 그러니 이런 광기에 어찌 경악하지 않을 수 있겠소!

여기서 내 한 가지 다짐하노니, 앞으로 데이지 꽃을 꺾는 일은 일절 없으리라.

31
북극성

앞으론 지혜로운 논리에 의거하고 준엄한 행위규범에 따라 살기로 했으니, 이제 내가 하고 있는 여행과 관련해 풀어야 할 아주 중요한 문제가 하나 남았다. 마차든 말이든 그것을 타고 여행하기로 했다고 하여 다 끝난 게 아니다. 어디로 가고 싶은지를 알아야 할 것 아닌가.

이 땅 위 어디로 가고 싶은지를 정하기 전에, 좀 전까지 붙들고 있었던 형이상학적 고찰에 진이 다 빠졌으므로 잠시 모든 사고를 멈추고 쉴까 한다. 이는 나만의 생존술 같은 것으로 여러모로 쓸모가 많다. 물론 누구나 이 방법을 쓸 수 있는 건 아니다. 왜냐하면 어떤 주제에 몰입하여 사고에 깊이를 더하는 건 쉽지만, 추의 진자를 멈추듯 사고를 갑자기 멈추는 건 결코 쉬운 일이 아니기 때문이다. 몰리에르가 우물에 침을 뱉으며 동심원 만드는 장난을 치던 사람을 조롱한 것은 매우 어리석은 일이었다.• 나라면 그가 잠시 머리를 식히기 위해 지적 활동을 유보할 줄 아는 진정한 철학자라는 사실을 믿어 의심치 않았을 것이다. 그는 인간이 수행하기엔 고도로 어려운 경지의 행위를 한 것이다.

어쩌다 그런 능력을 타고나긴 했지만, 그 능력에 대해 별 생각이 없던 사람들이 자신들이 원조라고 주장하며 나를 흉내쟁이라고 비난할지 모르겠다. 그러나 내가 말하는 '생각의 정지'는 그들의 것과는 전혀 다르다. '생각의 정지'에 대해서는 네케르 씨가 잘 설명해 주고 있는데,•• 그것은 의지의 발로이며, 일시적인 것이다. 완벽히 그 상태에 들어가고자, 나는 지친 기병이 안장 머리에 몸을 기댈 때처럼 두 손으로 창턱을 짚고 눈을 감는다. 그러면 과거의 기억도, 현재의 느낌

• 몰리에르의 『인간혐오자』 5막 4장 참조.

•• 프랑스 정치가 자크 네케르가 쓴 『천치들의 행복에 대하여』(1782) 참조.

도, 미래의 예감도 내 정신에서 완전히 자취를 감춘다.

이런 존재 상태에서는 잠이 쏟아지기 쉽다. 그 상태를 음미하며 30초 정도 있으면 고개가 절로 꺾인다. 바로 그때 눈을 뜨고, 나는 다시 생각을 이어 나간다. 이런 것을 보면 이는 일종의 자발적 가사 상태로 수면과는 분명히 다르다. 왜냐하면 내가 잠에서 깨어난 것이 아니라 잠이 나를 깨운 것이기 때문이다. 결코 누구나 할 수 있는 일이 아니다.

이제 고개를 들어 하늘을 보니, 지붕 용마루 위로 북극성이 보인다. 먼 여행을 떠날 참에 길조가 아닐까 싶다. 좀 전의 휴식으로 상상력은 원기를 되찾았고, 가슴은 아주 세세한 인상들까지 받아들일 준비가 됐다. 잠시 생각을 비우기만 했는데도 기운이 차올랐다. 세상 속 덧없는 신세에 나도 모르게 우울했는데, 갑자기 희망과 용기로 벅찬 마음이다. 삶과 부딪쳐 거기서 좋은 일이 생기든 나쁜 일이 생기든 얼마든지 그것을 헤쳐 나갈 자신이 생겼다. 나를 달뜨게 만드는 달콤한 황홀경에 젖어 외친다.

밝게 빛나는 별이여! 영원의 정신이 빚어낸 신비의 산물이여! 하늘에 홀로 붙박인 그대는 천지창조의 그날 이후 지구의 반쪽을 늘 지켜보고 있구나! 그대는 망망대해를 항해하는 이들의 길라잡이, 그대의 모습이 언뜻 보이기만 해도 폭풍에 시달리던 뱃사람은 희망과 삶의 용기를 얻나니! 하늘을 볼 수 있는 청명한 밤이면, 그대의 벗들 속에서 난 그대를 얼마든지 찾아낼 수 있으니, 천상의 등불이여, 나의 길을 밝혀 주오! 아, 나를 버린 이 땅에서• 지금 그대만이 나의 조언자며 길라잡이, 여기서 내 가야 할 곳을 알려 주오!

이런 간구를 하고 있는데, 하늘에서 그 별은 더욱 반짝거리며 당신의 든든한 품으로 기꺼이 나를 부르는 듯하다. 나는 징조 같은 것을 믿지 않지만, 보이지 않는 방편으로 우리 인간을 이끄는 신의 섭리는 믿는다. 우리가 살아가는 매 순간은 새로운 창조의 연속이며 그것은 전능한 뜻이 행하는 바다. 늘 새로운 형태의 구름을 만들어 내고, 설명할 수 없는 구름의 현상을 자아내는 이치는 매 순간 전능한 뜻에 좌우된다. 구름을 구성하고 있는 미세한 물방울조차도. 우리 삶에서 벌어지는 일들도 모두 거기서 비롯되는데, 그것들을 우연의 소산으로 치부하는 것만큼 어리석은 일도 없을 것이다. 위인이라는 자들은 자신들이 세상을 이끌어 나간다고 생각한다. 하지만 그들도 신의 섭리가 부리는 꼭두각시에 불과하다. 그 꼭두각시를 조종하는 보이지 않는 실이 가끔

• 이 책의 14쪽 주석 참조.

내 눈에 보일 때가 있다. 군대를 전멸시키고 한 국가를 전복시키고 싶다면, 신의 섭리가 그 위인이라는 자들의 가슴에 오만을 살짝 불어넣어 주기만 하면 된다. 아무튼 나는 북극성이 나를 인도하고 있다는 사실을 굳게 믿었기에 주저하지 않고 북쪽으로 가기로 했다.[••] 멀리 떨어진 그곳에 특별히 가고 싶다거나 가야 할 목적이 있었던 것은 아니다. 그러나 이튿날 토리노를 떠날 때, 북극의 별이 날 저버리지 않을 거라 믿었기에 나는 북쪽으로 난 팔라티나 성문을 통해 길을 떠났다.

●● 러시아를 말한다. 1799년, 그는 오스트리아-러시아 연합군 소속의 장교가 되었고, 러시아 원수 수보로프를 보좌하여 그를 따라 러시아의 상트페테르부르크로 간다. 그 후 그는 오랫동안 러시아에서 망명 생활을 한다.

32
조국

여정이 이쯤 진행되었을 때, 말에서 내려야만 했다. 나처럼 여행을 하고 싶어 하는 사람들에게 이 여행의 탁월한 이점에 대해서만 말하고 소소하긴 하나 몇 가지 불편한 점을 얘기하지 않고 넘어간다면, 양심의 가책을 느낄 수밖에 없다. 따라서 시시콜콜한 얘기라도 짚어야 한다.

일반적으로 창문은 지금 내가 사용하

고 있는 용도로 처음부터 만들어진 게 아니므로 이 창문을 만든 목수는 그것을 무슨 영국산 말안장이라도 되는 양 앉기 편하도록 둥글게 제작하지 않았다. 다른 설명을 덧붙이지 않더라도 지적인 독자께서는 내가 무엇 때문에 고통을 참지 못하고 중간에서 여행을 멈췄는지 충분히 짐작하리라. 나는 말에서 어기적어기적 내려와서는 희비로 점철된 인생과 하잘것없는 상황의 노예가 돼 버리는 인간의 얄궂은 운명을 곱씹으며 저린 다리를 풀고자 방을 왔다 갔다 하기도 하고, 제자리를 맴돌기도 했다. 어느 정도 다리가 풀리자, 서둘러 솜털 방석을 들고 다시 말에 올랐다. 며칠 전까지만 해도 기병 망신 혼자 다 시킨다고 할까 봐 엄두도 낼 수 없었던 행동이다. 그런데 바로 전날, 토리노 성문에서 팔루스 마에티드 연안•과 카스피 해••로부터 먼 길을 달려온 코사크 기병대를 만났는데, 방석을 깔고 말을 타고 있는 게 아닌가. 그 모습이 생각나서 나도 그들과 똑같이 하는 것이므로 경외해 마지않는 승마의 도를 어기는 것은 아니겠구나 싶다.

§

독자 여러분께 넌지시 암시했던 불편한 상태에서 벗어났

• 오늘날엔 아조프 해로 불린다. 흑해 북동쪽에 위치한 내해다.
•• 중앙아시아에 위치한 내해.

으니, 이제 계획대로 내 여정을 다시 시작할 수 있게 되었다.

그런데 양심의 가책이 되어 가장 마음을 불편하게 하는 근심거리가 하나 있었다. 그것은 바로 이미 반쪽을 빼앗긴 내 조국을 등지고 떠나는 게 과연 잘하는 일인가 하는 것이었다.••• 쉽사리 결정하기에 이것은 내게 너무도 중요한 사안이었다. '조국'이라는 말을 곰곰이 생각해 보지만 그 의미가 명확히 잡히지 않는다.

나의 조국? 조국을 구성하는 요소는 무엇일까? 산천과 들판과 가옥들이 있으면 되는가? 그렇지는 않을 것이다. 가족과 벗들이 있으면 나의 조국이 되는 것일까? 하지만 그들도 그 조국을 떠난 지 이미 오래다. 아, 그것이겠다, 정부! 하지만 정부의 주체도 바뀌었다. 오, 하느님이시여, 도대체 나의 조국은 어디에 있단 말입니까?

형언할 수 없는 격정에 싸여 손으로 이마를 쓸었다. 조국에 대한 사랑이 이다지도 뜨겁고, 조국을 등진다는 생각만으로도 이토록 회한에 싸이는 걸 보면 그 조국은 분명 어딘가에 존재하는 것이다. 따라서 이 문제를 온전히 해결하기 전에는 어디로 떠나기는커녕 평생 말안장 위에서 내려오지

••• 이 책의 119쪽 주석 참조.

않을 작정이었다.

그런데 조국에 대한 사랑을 좌우하는 건 사람, 장소, 정부 같은 요소를 바탕으로 어린 시절부터 형성된 오랜 관습이지 않을까. 여기서 더 따져 봐야 할 것은 조국을 구성하는 이 세 요소가 각각 어떤 역할을 하는가다.

일반적으로 동포애는 정부에 달렸다. 즉 그 정부 밑에서 국민 대다수가 느끼는 결속력과 행복의 정도가 동포애를 규정하리라. 그러나 여기서 진정한 의미의 '애'는 가족이나 일부 가까운 사람들에게만 국한될 뿐, 서로 자연스럽게 어울리고 그것이 하나의 풍속으로 뿌리내리는 것을 방해하면서 국민들을 앙숙지간으로 만드는 게 있지 않은가. 산맥은 사람들을 산 이편과 저편으로 갈라놓고 서로 반목하게 만든다.• 그리고 강을 기준으로 우안에 사는 이들은 좌안에 사는 이들보다 자신들이 우월하다는 생각에 빠져 있고, 좌안에 사는 이들은 우안에 사는 이들을 비아냥대기 바쁘다.•• 아무리 양쪽을 연결하는 다리가 놓여 있더라도 강이 흐르는 도시에서는 대부분 이런 경향이 나타난다. 또한 정부가 같아도 사용하는 언어가 다르면 사람들 사이는 멀어지지 않는

•여기서 산맥은 알프스 산맥이다. 예로부터 알프스 산맥을 기준으로 이남은 교황권 영역, 이북은 세속 권력의 영역으로 나뉘어 서로 대립하였다.

••파리의 센 강 얘기다. 센 강이 흐르는 방향을 기준으로 오른쪽 강 언덕을 우안, 왼쪽 강 언덕을 좌안이라 한다. 예로부터 우안에는 귀족들이 주로 거주하였고, 좌안에는 지식인과 학생 들이 주로 거주하였다.

가. 진정한 의미의 사랑이 자리한다고 할 수 있는 가족도 같은 나라 안에서 뿔뿔이 흩어져 있기 십상이다. 가족의 형태와 구성원의 수는 끊임없이 변하고, 심지어 국외를 떠도는 신세가 되기도 한다. 따라서 조국애는 동포라는 집단에 기초하는 것이 아니요, 가족이라는 단위에 기초하는 것도 아니리라.

장소라는 요소는 적어도 우리가 나고 자란 땅을 사랑한다는 점에서 의미가 있다. 이 주제와 관련하여 매우 흥미로운 의문이 하나 든다. 오랫동안 관찰한 바에 따르면, 산악 민족은 자신들이 사는 지역에 대한 애정이 상당히 강하고, 그에 반해 유목 민족은 그저 대평원이라면 그곳이 어디든 자리를 잡고 산다. 사는 곳에 대한 애정이란 면에서 두 민족이 차이를 보이는 이유는 무엇일까? 내가 잘못 아는 것이 아니라면, 아마 다음과 같은 이유 때문이 아닐까. 산악을 중심으로 형성된 국가에는 고유의 형세라는 것이 존재하는데, 평지에 세워진 국가에는 그런 게 없다. 이는 제아무리 마음씨가 곱더라도 얼굴이 없는 여인을 사랑하기 어려운 것과 비슷하다. 목조 가옥만 있는 마을에 적이 쳐들어와 집에 불을 지르고 나무를 베어 버리면, 그곳에 살던 사람에게 조국을 떠올리게 할 만한 것으로 무엇이 남겠는가? 가엾은 그가 그곳이 그곳 같은 지평선 위에서 조국의 흔적을 떠올릴 만한 익숙한 것을 찾아보려 한들 소용이 없다. 그런 건 어디에도 없을 테니. 어느 공간에 가도 같은 모양에 같은 느낌이다. 어떤 정치적 관습이 그를 한곳에 붙들어 매 주지 않는 한, 그는 자연스레 떠돌 수밖에 없다. 그리하여 그의 집은 여기가 되었다, 저기가 되었다 정처가 없어지는 것이다. 정치체제가 작동하는 곳이면 그곳이 그의 조국이 될 터이니, 결국 반쪽짜리 조국인 셈이다.

산악 민족은 어릴 적부터 보아 온, 형체가 파괴되지 않는 사물에 애착을 갖는다. 그는 계곡 어느 지점에서든 산비탈 위에 자리 잡은 자신의 밭을 찾아낼 수 있다. 바위틈 사이로 흐르는 시냇물 소리가 잦아든 적이 없고, 마을로 이어지는 오솔길은 영원히 붙박인 화강암 바위를 에둘러 돌아간다. 스테인드글라스를 한참 바라보다 눈을 감으면 잔상이 그대로 남듯, 꿈을 꿔도 그는 마음에 새겨진 산세를 그대로 볼 수 있다. 기억에 각인된 풍경은 그의 일부가 되었으므로 영원히 지워지지 않는다. 그리고 기억은 장소와 결부되는데, 그 장소엔 언제 유래했고 앞으로 어떻게 될지 전혀 알 수 없는 사물들이 포함돼 있어야 한다. 오래된 건물과 낡은 다리 같이 멋과 연륜이 깃든 사물들이 산의 한 부분을 이루며, 이

것 또한 장소에 대한 산악 민족의 애정 속에 들어간다. 천연 기념물 같은 것은 사람들의 마음에 더 큰 영향을 미친다. 예를 들어, 로마에 걸맞은 별칭을 짓고자 할 때, 자부심에 찬 로마인들은 로마를 '일곱 언덕의 도시'라고 불렀다. 이런 것이 관습으로 자리 잡으면 쉬 사라지지 않는다. 나이 지긋한 산악민은 대도시라는 공간에 어떠한 호감도 보이지 않으며, 도시민은 산악민이 될 수 없다. 따라서 아메리카의 황야를 탁월하게 묘사한, 우리 시대의 위대한 작가 가운데 한 사람•이 왜 알프스 산맥을 변변찮게 보고 몽블랑 산을 코딱지만 하다고 여겼는지 짐작하리라.

정부의 몫에 대해선 두말할 필요가 없다. 조국을 구성하는 첫 번째 기반이기 때문이다. 사람들 사이에 동포애를 조성하고, 사람들이 장소에 갖는 자연스러운 애착을 더욱 강화시키는 것이 정부다. 오직 정부만이 과거의 영광과 행복을 상기시키며 그것들이 탄생했던 땅에 애착을 갖도록 만들 수 있다.

올바른 정부 아래에서 조국은 강대할 것이요, 그릇된 정부 아래에서 조국은 시름시름 앓을지니. 그리고 정부가 뒤집히면 조국은 사라지리니. 그렇게 조국이 사라지면 새로운 나라가 들어설 것이요, 그것을 받아들이느냐, 아니면 다른

• 귀스타브 에마르. 아메리카 대륙에 관한 책을 여러 편 집필한 프랑스 작가.

조국을 선택하느냐의 문제는 각자의 몫으로 남으리라.

모든 아테네 시민이 테미스토클레스의 말을 믿고 아테네를 떠났을 때, 그들은 조국을 버린 것일까, 아니면 그들이 올라탄 배에 조국 아테네도 같이 싣고 간 것일까?•

그리고 코리올라누스••가…….

세상에! 내가 지금 무슨 장황한 토론이라도 하려는 걸까? 말을 탄 자세로 창턱 위에 걸터앉아 있다는 사실을 깜빡했다.

•아테네의 정치가이자 군인. 기원전 480년, 페르시아군이 공격해 오자 노인과 부녀자를 살라미스 등지로 피난시키고 나머지 전 아테네 시민을 군함에 태웠다.

••가이우스 마르키우스 코리올라누스. 고대 로마의 장군이다.

33
이모님

이모님은 재치 넘치는 분으로, 늘 재미있는 얘기를 해 주셨다. 내용은 풍부하지만 일관되지 않은 기억력을 가졌던 그녀는 이야기를 뛰어넘거나 중간에 딴 데로 새는 일이 많았다. 그러다 급기야 이야기를 듣던 우리에게 도움을 청하곤 했다.

"내가 무슨 얘기를 하려고 했더라?"

듣던 우리도 갈피를 못 잡긴 마찬가지라, 그렇게 되면 그

자리 전체는 말로 표현할 수 없는 당혹감에 빠졌다. 자, 독자 여러분께서는 내가 무슨 얘기를 하려는지 짐작했을 테다. 내가 말을 할 때도 그런 일이 종종 벌어진다는 것이다. 그리고 고백건대 내 여행의 계획과 순서는 이모님의 얘기와 판박이다. 다만 나는 다른 사람에게 도움을 청하진 않는다. 왜냐하면 이야기의 주제가 알아서 제자리를 찾아오기 때문이다.

34

신비 체험

조국에 관한 나의 주장에 반박하려는 사람들에게 한 가지 경고할 것이 있다. 아까부터 정신을 차리려고 무던히 애를 썼지만, 나는 지금 완전히 잠기운에 취한 상태라는 것이다. 그런데 내가 진짜로 잠에 곯아떨어진 것인지도 불확실하고, 내가 지금 얘기하려고 하는 신비한 현상이 꿈속의 일인지, 아니면 초자연적인 현상에서 비롯된 것인지도 불확실하다.

§

하늘에서 눈부신 구름이 서서히 내게로 내려오는데, 구름 속에 투명한 베일을 두른 묘령의 여인이 있었다. 그녀를 보며 느꼈던 감정을 묘사할 길이 없다. 그녀의 얼굴은 선의와 호의로 빛났고, 환상적인 청춘의 매력을 품고 있었으며, 미래의 꿈만큼이나 감미로운 느낌을 풍겼다. 눈빛과 잔잔한 미소를 포함한 그녀의 매력 하나하나를 보고 있으려니 내가 그토록 오래 찾아 헤매었으나 끝내 찾기를 포기했던 나의 이상형이 눈앞에 모습을 드러낸 것 같았다.

달콤한 황홀경에 빠져 그녀를 바라보는데, 북풍에 휘날리는 그녀의 검은 머리카락 사이로 북극성이 어른거리고, 바로 그때 사람의 마음을 어루만지는 듯한 말소리가 들렸다. 방금 내가 무슨 소리를 한 것인가? 말이라고? 그보다는 나의 감각이 잠에 취해 있는 동안, 나의 정신에 미래를 예시하는 초월적인 존재의 신비로운 음성이었다. 이전에 내가 간

구하였던, 나의 수호성이 내게 전하는 예언이었다.[●] 이 자리를 빌려 예언의 내용을 인간의 언어로 풀어 소개하련다. 에올리언하프[●●] 같은 울림을 지닌 목소리가 말했다.

> 나에 대한 그대의 믿음을 저버리는 일은 없을 것이다. 보라, 이 땅은 그대를 위해 내가 마련한 것. 이는 행복을 계산적이라 생각하며 하늘에서만 얻을 수 있는 것을 지상에서 구하려는 이들이 헛되이 갈구하는 재화로다.

이 말이 끝나자, 별은 우주의 심연으로 돌아갔고, 하늘에서 내려왔던 신성은 지평선 안개 속으로 자취를 감췄다. 그녀가 멀리 물러나며 나를 바라보았다. 그 눈길에 내 가슴은 확신과 희망으로 차올랐다. 그 순간 그녀를 쫓고 싶은 마음이 걷잡을 수 없이 일었고, 나는 있는 힘껏 박차를 가했다. 하지만 박차가 있을 턱이 없었으므로 나는 내 오른쪽 뒤꿈치를 타일 모서리에 있는 힘껏 박은 꼴이 되었다. 그 통증으로 나는 졸음에서 벌떡 깨어났다.

● 이 책의 31장 참조.

●● 바람을 이용하여 소리를 내는 악기.

35

떨어진 실내화

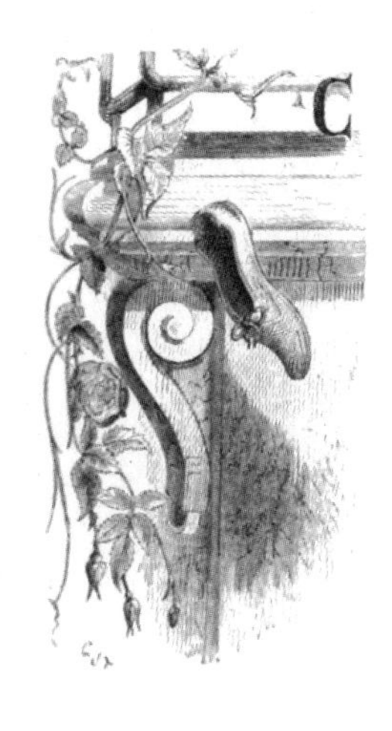

내 여행의 구색을 맞추고자 지질학적인 요소를 넣고자 한다면, 방금 벌어진 소동이 기회일 터였다. 왜냐하면 그 소동 덕에 토리노라는 도시가 세워진 충적토 토양층으로부터 내 방이 얼마나 높은 곳에 위치하는지를 정확히 알 수 있기 때문이다.

내 심장은 아주 빨리 뛰었다. 내가 말에 박차를 가하고 나서 실내화가 길에 떨어질 때까지의 시간을 박동 수로 재어 보니 세 번 반이었다. 꿈 때문에 많이 흥분해 있었다는 것을 감안하면, 과장하지 않고 분당 120회 정도 뛰었을 것이다. 아무튼 이를 바탕으로 무거운 물체가 중력가속도를 받아 떨어질 때의 시간과 공기 중을 통과하여 길에서 내 귀까지 소리파가 전달되는 시간을 가지고 계산해 보니, 포석이 깔린 토리노의 길을 기준으로 지상에서 내 방 창문까지의 높이는 28미터 전후가 될 터였다. 그런데 아름다운 이웃 여인의 매혹적인 실내화 얘기를 한 뒤에 내 실내화 얘기를 하는 것은 순전히 과학적인 이유에서다. 이 장은 전적으로 지적 호기심을 가진 사람들을 위한 것이라는 사실을 명심해 주었으면 한다.

36
의혹

눈부신 환상을 경험하고 깨어나니 내가 처한 외로움에서 비롯된 공포감은 더 강렬해졌다. 주변을 둘러봐도 눈에 들어오는 건 지붕과 굴뚝뿐. 아, 하늘과 땅 사이 6층 높이에 매달린 채 회한과 욕망과 번뇌의 바다에 둘러싸인 나는 흐릿하기 그지없는 희망의 등불에 의지하여

겨우 생을 부지한다. 그 등불이란 게 환상 속에서 주어졌던 구원인데, 현실에선 그리도 속절없다. 생의 절망으로 만신창이가 된 내 마음에서 의혹이 되살아났다. 북극성이 날 희롱한 게 틀림없어.

그러나 불순한 의심과 부정한 마음을 품자 하늘은 내게 10년을 기다리게 하는 벌을 내렸다.● 아, 내가 미리 알았다면 얼마나 좋았을까. 그 모든 약속이 이행될 것이며, 하늘에서 얼핏 보았던 그 형상을 한 존귀한 자가 언젠가 이 지상에 나타나리라는 것을.

친애하는 소피여, 현재의 행복이 미래의 희망보다 더 나은 날이 오리라는 것을 미리 알았다면 얼마나 좋았을까요.

아, 건너뛸 일이 아니다. 하던 얘기로 돌아가자. 여행 이야기를 쓰면서 내가 철저하게 지키고 있는, 체계적이며 엄격한 질서를 망치고 싶진 않다.

● 이 책을 집필한 시점을 기준으로 저자가 조국에 돌아가지 못하고 떠돈 기간이 햇수로 10년이다. 하지만 그가 꿈에 그리던 조국으로 돌아갈 수 있었던 것은 그로부터 다시 20여 년이 더 지난 다음이었다.

37
자정 종소리

산 필리포 성당 종탑의 시계가 서서히 자정을 알리고 있었다. 나는 종소리를 하나씩 세었다. 마지막 종소리에 깊은 한숨도 같이 배어 나왔다.

"또, 이렇게 내 인생의 하루가 빠져나가는구나."

잦아드는 청동 종소리의 여운이 아직 귓가에 쟁쟁한데, 자정 전까지 나아간 여정은 율리시스•나 이아손••의 여정처럼 벌써 까마득하다. 과거의 심연에 넣고 보면 찰나와 영

•그리스 서사시 『오디세이아』의 주인공 오디세우스의 라틴식 이름.

••그리스 신화의 영웅으로 황금 양털을 찾고자 떠난 아르고호 원정대의 대장.

겁은 매한가지다. 미래는 좀 더 현실적일까? 나는 마치 칼날 위에 선 듯 양옆으로 허공이 펼쳐진 곳 위에서 균형을 잡고 서 있는 신세다. 내가 보기에 시간이란 이해할 수 없는 그 무엇이므로, 애초에 그것은 존재하지 않는 것이며, 우리가 시간이라고 부르는 것은 그저 우리 정신에 주어진 형벌이 아닐까 싶다.

시간 그 자체만큼이나 난해하기 그지없는 시간의 정의를 찾아낸 것 같아 혼자 좋아하고 있는데, 자정을 알리는 또 다른 시계 종소리가 기분을 망쳤다. 해결할 길 없는 문제에 헛되이 매달려 있으면 불편한 마음이 되곤 한다. 나처럼 철학적으로 파고드는 사람에게 두 번째 울린 시계 종소리는 무언가 어긋난 기분이 들게 만들었다. 그런데 잠시 후, 나를 골탕 먹이려는 듯 포 강 건너편에 있는 프란체스코 수도원에서 자정을 알리는 세 번째 종소리가 울렸을 때는 급기야 화가 머리끝까지 나고 말았다.

이모님은 평소 탐탁지 않게 여기던, 무뚝뚝하기 그지없는 고참 하녀를 부를 때면, 성마른 사람이 되어 호출종을 한 번 울리는 것으로 그치지 않았다. "브랑세 양, 어서, 어서!"라고 말하며 그녀가 나타날 때까지 계속 호출종의 줄을 잡아당겼다. 이모님의 성화에 잔뜩 열이 받은 하녀는 짐짓 더 느릿느

릿 걸어오다가 거실에 들어서기 직전에야 짜증 난 목소리로 "네, 마님, 갑니다요"라고 외쳤다. 세 번째로 자정을 알리는, 프란체스코 수도원의 뻔뻔스러운 종소리를 듣고 내가 느낀 짜증감이 꼭 그러하였다. 나는 종탑을 향해 주먹을 내지르며 외쳤다.

"알았다고, 잘 알았다고. 자정인 줄 나도 안다고. 그러니 그만 좀 하라고!"

§

인간은 필시 악마의 속삭임에 넘어가 자정을 기점으로 하루를 끊었으리라. 인간이 집 안에 틀어박혀 잠을 자거나 어떤 일에 몰두하고 있으면, 자정이라는 시간은 생명의 실타래 가운데 한 가닥을 싹둑 자른다. 이튿날 개운한 기분으로 잠에서 깨어나긴 하지만, 하루 더 늙었다는 사실을 꿈에도 생각하지 못한다. 청동으로 만들어진 예언의 목소리가 인간에게 영원이 임박했음을 알려도, 한 시간이 흐를 때마다 매번 절박하게 그 사실을 외쳐도, 인간은 듣지 못한다. 아니, 들을 수 있다 해도 그 뜻을 헤아리지 못한다.

오, 자정, 그대 공포의 시간이여! 나는 미신을 믿지 않으나, 시간은 언제나 두려움을 불러일으킨다. 내게 죽음이 닥칠 때는 자정일 것만 같다. 그런데 내가 언젠가는 죽는다고? 무슨 말인가? 내가 죽어? 이렇게 떠들고, 만지고, 느낄 수 있는 내가 죽는다고? 도저히 믿기지 않는다. 그러면서 타인의 죽음은 지극히 자연스럽게 여긴다. 타인의 죽음은 늘 볼 수 있기에, 우리는 그것을 심상히 여기고 그것에 익숙하다. 하지만 자신의 죽음은! 그리고 내 육신이 죽는다는 사실은! 그건 얘기가 다르다. 이런 사념을 그저 횡설수설로 치부하는 독자가 계시다면, 그대를 포함하여 세상 모든 사람이 다 그렇게 생각한다는 사실을 명심할지니. 어느 누구도 자신이 죽을 운명이라는 생각을 하지 못한다. 영원불사의 인류가 존재한다면, 그들이 우리보다 죽음이라는 관념 그 자체에 더 큰 공포감을 가지리라.

그런데 여기서 내가 이해할 수 없는 것이 있다. 우리 인간은 언제나 미래에 대한 꿈과 희망으로 부풀어 있으면서도, 어찌하여 똑같은 미래가 우리를 위해 준비한, 확실하고도 피할 길 없는 그것에 대해서는 별 구애를 받지 않는지? 자비로운 자연께서 아무 생각 없이 행복하게 살다가 평온하게 죽음을 맞이할 수 있도록 우리 인간을 배려하여 그런 것일까? 참 괜찮은 사람이라는 평판을 얻기는 쉽다. 그렇잖아도 가혹한 현실에다 사람들을 우울한 상념에 빠뜨리는 근심거리를 더하지도 않고, 죽음의 검은 망령으로 사람들을 심란케 하지도 않으면 되니까. 결국 아무것도 모르는 척해야 좋은 것이라면, 그저 웃고만 있거나 아니면 미소만 짓고 있어야 한다는 말이런가.

§

산 필리포 성당 종소리에서 촉발된 상념은 이렇게 매듭을 짓는다. 방금 내가 얘기한, 세상을 살아가는 데 필요한 도덕에 별로 아랑곳하지 않았다면, 나의 상념은 더 진행되었을 것이다. 하지만 그 의혹의 밑바닥까지 파헤칠 생각은 없

었으므로, 나는 휘파람으로 「라 폴리아」[•]를 불렀다. 생각이 안 좋은 쪽으로 흐를 때 그 방향을 바꾸기에 이보다 좋은 방법은 없다. 효과는 바로 나타났다. 그 자리에서 나는 말 타고 가던 길을 멈추었다.

● 유럽에 널리 퍼졌던 유행가로 '스페인의 광기'라고도 불리는 스페인 무곡이다.

38
시간

방 안으로 들어가기 전, 토리노와 주변의 어둑한 들판을 잠시 바라보았다. 이제 이곳을 곧 떠날 터. 영영 마지막이 될 수도 있었다. 나는 작별 인사를 했다. 밤이 그토록 아름답고, 눈앞에 펼쳐진 밤의 풍경이 그토록 흥미롭기는 처음이었다. 토리노 언덕과 수페르가 대성당에 작별을 고한 다음, 토리노의 하늘과 공기, 탑과 종 그리고 너무도 익숙하여 내가 그처럼 아쉬워할 줄 몰랐던 사물에게도 작별 인사를 건넸다. 그 가운데 멀리서 흐르는 강은 소리로 나의 인사에 화답하는 듯했다.

아, 가슴에 차오르는 이 감미로우면서도 쓰라린 감정과 꼬마 요정처럼 내 주위를 맴돌며 토리노를 떠나지 못하게 하는, 지난 내 인생의 반을 차지했던 가장 아름다운 시절의 추억들을 그림으로 그릴 수만 있었다면! 그러나 어쩌랴. 우리에게 지난날의 행복했던 추억은 영혼의 구김살 같은 것. 불행한 상황에 처할수록 우리는 되도록 그것을 뇌리에서 몰아내야 한다. 행복했던 추억은 우리가 처한 힘든 현실을 조롱하는 삿된 기운이 될 수도 있는 일. 이리하는 게 헛된 희망에 매달리는 것보다 천 배는 나으리라. 안 좋은 일에 오히려 웃는 낯을 하고, 사람들이 나의 불행을 알지 못하게 해야 하는 법. 내가 세상 속을 두루 다니며 보니 그렇더라. 인간은 불행한 처지에 놓이면 어리석은 존재가 된다. 힘든 상황에서는 내가 방금 서술한, 새로운 방식의 여행법만큼 좋은 것이 없다. 이 점은 내가 직접 경험한 바, 과거에 연연하지 않으면서 현재의 문제를 과감히 직시할 수 있었나니.

시간이 그 모든 것을 안고 가리라. 그렇게 나를 달랜다. 모든 것을 거두어 가며, 무엇 하나 빠뜨리지 않으리라. 우리가 그를 붙잡으려 하거나 어깨를 밀며 재촉하려 한들 아무 소용없는 짓. 그의 비상을 방해할 수 있는 건 없다. 쏜살같은 그의 비상에 내가 불안해지는 경우는 거의 없지만, 특정한 상황에 처하거나 특정한 생각을 하다가 그가 빠르다는 것을 충격적으로 실감할 때가 있다. 도시가 깊은 잠에 빠져 사람들이 침묵하고, 소음을 자아내는 악마조차 자신의 신전에 틀어박혀 있을 때면, 내 영혼의 귓가에 시간의 음성이 들린다. 시간의 말을 옮겨 주는 통역사는 고요와 어둠. 그들을 통해 시간의 신비로운 움직임이 드러난다. 그는 이성적 존재가 아니기에 내 머리로는 파악할 수 없다. 오직 감각으로만 가늠할 수 있다. 하늘을 보니 그가 서쪽으로 별을 밀어내고 있는 중이다. 바다로 강물을 밀어내는 것도, 언덕을 따라 안개를 끌고 가는 것도 바로 그다. 그리고 들린다. 그의 잰 날갯짓에 배어 나오는 바람의 신음과 무섭게 돌진하는 그의 비상에 전율하는 종소리가. 이어 나는 외친다.

"자, 그가 움직이는 틈을 이용하자. 그가 나를 유린하는 바로 그 찰나를 내게 쓸모 있는 순간으로 만들리라."

이 결심을 실행에 옮기고자, 나는 말안장 위에서 몸을 앞으로 기울이며 과감히 돌진하기 시작한다. 이때 나는 입으로 소리를 내는데, 일찍이 말을 독려하는 데 사용된 적도 없고, 철자법에 따라 표기하기도 어려운 소리다.

그흐! 그흐! 그흐!

결국, 말을 타고 가던 나의 여행은 질주로 끝을 맺는다.

39
여행의 끝

말에서 내리려고 오른쪽 다리를 드는데, 무엇인가가 어깨를 강하게 내리쳤다. 섬짓 놀라지 않았다고 한다면 거짓말이다. 뜻밖의 일이 벌어진 상황에서 독자 여러분께 한 가지 짚고 넘어가고 싶은 것이 있다. 자만해서 하는 말은 아니지만 이런 여행은 나 말고 다른 사람이 하기엔 녹록지 않다는 것이다. 관찰 방법과 관찰력이 나보다

수천 배는 나은 여행자가 있다 한들, 과연 나의 운명이 이끌어 갔다고 할 수 있는, 네 시간의 여정에서 내가 겪은 다채롭고 유별난 모험을 그도 할 수 있을까? 그럴 것 같지 않다고 생각한다면, 누가 나를 쳤는지도 한번 짐작해 보라.

충격을 느낀 초반에는 위치감각을 상실한 상태에서 말이 내게 뒷발질을 했거나 나를 나무로 밀어붙였거니 했다. 그러다 정신을 차리고 방을 휘둘러본 그 짧은 순간에 불길한 생각이 얼마나 많이 스치고 지나갔는지 아무도 모를 것이다. 정말 이상한 일이라고 생각한 것이 결국 아무것도 아닌 일로 드러나듯이, 나를 충격에 빠뜨린 것은 그리 놀라운 게 아니었다. 여행을 시작할 무렵 창문을 열어젖히고, 방문을 닫고, 침대 장막을 흔들었던 돌풍이 다시 소란을 일으키며 방 안으로 불어 들어왔던 것이다. 방문을 벌컥 열어젖히고선 창문으로 빠져나갔는데, 그때 창문이 내 어깨에 부딪쳤던 것이다. 나를 놀라게 한 장본인이었다.

이 돌풍의 초대를 받고 침대에서 일어나 창가로 갔던 것을 독자 여러분께선 기억할 것이다. 그렇다면 방금 나를 친 것은 침대로의 초대가 분명하니, 순순히 응할밖에 다른 도리가 없겠다.

밤과 하늘과 별과 정겹게 어울리면서 그들에게 좋은 영향을 받을 수 있었던 것은 멋진 경험이었다. 아, 사람들과 억지로 맺어야 하는 관계는 얼마나 위험한 것인가. 그들을 신뢰하였다가 얼마나 많은 낭패를 보았던가. 이와 관련하여 적어 둔 것이 있었지만 지워 버렸다. 쓰다 보니 이 책보다 내용이 더 많은 게 아닌가. 여기에 옮겼다면 짧다는 것이 최대의 장점인 내 여행기가 그 균형의 묘를 잃었을 것이다.

역자 후기

1

『한밤중, 내 방 여행하는 법』은 『내 방 여행하는 법』 이후 8년 만의 글이다. 프랑스에서 시작된 혁명의 불길은 더 거세게 번지고 있었다. 이 불길을 막고자 주변 유럽 국가들은 프랑스에 대항하여 세 차례 동맹을 맺었고, 두 번의 '내 방 여행'은 각각 제1차 대프랑스동맹과 제2차 대프랑스동맹 때 이루어진 셈이었다. 그사이 그자비에는 결투나 벌이고 다니던 20대 후반의 철없는 신출내기 장교에서 목숨 걸고 전장을 누비는 30대 중반의 베테랑 장교가 되었다. 42일간에서 4시간으로 압축된 '내 방 여행'도 달라졌다.

무엇보다 한밤중에 떠나는 이번 여행은 즉흥적이며 자발적이다. 가택 연금을 당해 어쩔 수 없이 떠나게 된 여행이 아니었다. 그리고 이번 여행에는 늘 함께하던 여행의 벗이 없다. 길을 가다 우연히 마주치는 사람은 있어도, 여정 내내 함께하는 벗은 없다. 아무리 봐도 유별난 자신의 동물성을 변호하려고 고안한 것 같은 '영혼과 동물성'의 이원 체계와 그 갈등은 후편에서 많이 약해졌다. 여행의 수단도 달라졌다. 전편에선 마차 좌석(의자)에 앉아서 갔다면, 이번엔 말안장(창턱)에 올라타고 간다. 여행 수단의 변화는 여행 리듬의 변화로 이어져 말안장에 올라탄 이번 여행은 때로 아슬아슬하리만치 역동적이다.

하지만 언제나 그렇듯 문체는 거침없고 주제는 분방하며 형식은 자유롭다. 줏대가 확고한 정치관, 우주론과 존재론을 아우르는 형이상학적 성찰, 실존과 윤리 문제에 대한 실천적 고민, 자연에 대한 호기심과 해박한 자연과학 지식, 체화되어 자연스레 우러나는 인문학적 소양, 음악과 회화에 대한 조예 그리고 실존 인물이든 허구 인물이든 여성이라면 여지없이 발현되는 갈랑트리galanterie•, 이 모든 것도 그대로다.

한편 이번 여행에서 그는 매우 유용한 여행의 기술 한 가지를 소개한다. 31장에서 언급된 '생각의 정지'라는 것으로 "추의 진자를 멈추듯 사고를 갑자기 멈추는" 기술이다. 잠깐의 정지를 통해 실존의 번민 앞에서 쇠진할 대로 쇠진한

•대략적 의미는 여자의 환심을 사려는 언동을 가리킨다. 이 말의 뉘앙스를 담아낼 적절한 우리말 표현이 없어 발음 그대로 표기한다.

정신을 다시 일깨우는 요령이다. 이는 외계에 대한 판단과 행위를 중지하는, 고대 그리스 피론학파의 '에포케' 개념을 응용한 듯하다. 사실 직접 언급은 하지 않았지만, 전편에서도 저자는 이 기술을 잘 활용했다. 무슨 생각이나 말을 하다가 갑자기 외투 깃에 고개를 묻고 침잠하곤 했는데, 그것이 바로 '생각의 정지'였다.

그렇다면 두 차례에 걸친 그자비에의 '내 방 여행'도 그 자체만 놓고 볼 때, 한 인생에 잠시 쉼표를 찍는 '생각의 정지'가 아닐까 싶다. 42일이 됐든 4시간이 됐든 기나긴 인생에선 모두 찰나에 불과할 테고, 그 찰나의 쉼표가 지친 심신을 달래어 다시 인생이라는 긴 여정에 오를 수 있도록 해 주니 말이다.

2

『한밤중, 내 방 여행하는 법』은 그의 다른 책과 달리 따로 출간된 적이 없다. 『내 방 여행하는 법』의 속편 격이라 큰 의미를 두지 않아 그랬는지 모르지만, 쓰인 지 20여 년이 지난 1825년에야 다른 작품과 함께 전집의 형태로 세상에 첫선을 보였다. 초고를 쓴 것은 1798년과 1799년 사이다. 그런데 이 무렵, 그자비에는 한 치 앞을 내다볼 수 없는 상태로 인생의 큰 고비를 넘고 있었다.

1796년, 사르데냐 왕국은 이미 주요 지역을 프랑스에 뺏긴 상황이었고 그래도 힘겹게 버티나 싶었으나, 결국 2년 뒤 영토 대부분을 프랑스에 넘기면서 군대마저 해산했다. 당시 사르데냐 국왕이었던 카를로 에마누엘레 4세는 남은 세력을 이끌고 지중해의 사르데냐 섬으로 파천하였다. 그렇게라도 사르데냐 왕국은 명맥을 부지하였지만, 그자비에는 하루아침에 조국과 군대를 모두 잃은 신세가 되었다.

1799년 2월, 이탈리아 북부 지역을 파죽지세로 삼키고 있던 프랑스 혁명군을 저지하기 위해 러시아는 알렉산드르 수보로프 원수를 파견하였다. 그는 러시아-오스트리아 연합군 총사령관이 되어 이탈리아 북부 지역에서 프랑스군을 몰아내기 시작했고, 토리노에 주둔하고 있던 프랑스군을 향해서는 그해 6월까지 물러나라는 최후통첩까지 내렸다. 비록 일시적이었지만, 토리노를 포함해 프랑스가 점령하고 있던 이탈리아의 북부 도시들은 해방구가 되었다.

그자비에가 토리노로 돌아온 것은 그 무렵이었다. 만 4년 만이었고 더는 군인 신분이 아니었다. 다시 찾은 토리노에서 추억은 아련하였고 떠나간 조아네티와 로진의 빈자리는 너무도 컸다. 현실은 절망적이었고 미래는 불확실했다.

그러던 어느 날, 러시아군이 사르데냐군 출신 가운데 산악 전투 경험이 풍부한 장교를 찾고 있다는 소식이 들리는 가운데, 형 조제프는 새로운 기회를 잡아 보라며 수보로프 원수와의 만남을 주선하였다. 처음에는 다른 군복을 입고 다른 깃발 아래서 싸워야 한다는 사실이 마음에 걸렸다. 하지만 그렇게 해서라도 프랑스를 몰아내고 조국의 영토를 되찾을 수 있다면, 다 감수해야지 싶었다. 고민 끝에 제안을 받아들인 그자비에는 운명이 자신을 어디로 끌고 갈지는 모르지만, 계시와도 같은 북극성에 의지하여 인생의 다음 여정을 떠나기로 하였다.

여기까지가 『한밤중, 내 방 여행하는 법』의 시간적 배경이다. 망명객 혹은 용병이나 다름없는 신분으로 이제 러시아 군인이 되어 러시아로 먼 길을 떠나기로 마음을 굳힌 어느 날 저녁, 그는 밤 8시부터 자정까지 한때 거주했던 토리노의 지붕 밑 다락방에서 마지막 '내 방 여행'을 떠난다.

3

그자비에 드 메스트르를 말하려면 그의 형 조제프 드 메스트르를 언급하지 않을 수 없다. 동생에게 문필가로서의 길을 열어 주었을 뿐만 아니라 삶의 고비마다 든든한 조력자가 되어 주었다. 그자비에의 형제는 15남매였다. 조제프가 맏이이며 그자비에는 열두 번째였다. 당시 풍습에 따르면 맏이가 모든 지위와 재산을 상속받았다. 손아래 형제들은 남자일 경우엔 군인이, 여자일 경우엔 수녀가 되곤 하였다. 아버지가 돌아가시자, 스물여섯 살의 조제프는 가장 역할을 톡톡히 하였다. 가족과 벗들에게 그토록 자애로웠던 그는 아버지를 따라 사르데냐 왕국의 행정관이 되면서 정치가의 길로 들어섰다.

조제프 드 메스트르는 저명한 정치사상가이자 문필가이기도 했다. 절대왕권을 지지하는 반계몽주의 정치사상가로 그 명석함은 샤토브리앙을 능가하고, 몽테스키외와 볼테르에 대적할 수 있는 논리와 필력을 지닌 사상가로 알려졌다. “모든 국민은 그들에게 걸맞은 정부를 가진다”라는 그의 말은 오늘날에도 널리 회자되고 있다. 당시 러시아 황제였던 알렉산드르 1세는 계몽주의의 영향을 받아 대대적인 개혁을 시도했다. 이에 조제프는 아무리 좋은 법을 만들어도 국민이 그에 걸맞지 않으면 무용하거나 도리어 해로운 것이 될 수 있다는 취지에서 저 말을 하였다. 비록 절대왕권을 맹신하는 보수 정치사상가였지만, 그의 이 말은 발화의 맥락을 떠나 의미심장하다.

아무튼, 이런 형이었기에 사람들은 드 메스트르 집안 하면 조제프를 떠올렸고, 그자비에는 늘 조제프의 동생으로 소개되었다. 형의 권고에 따라 수보로프의 휘하로 들어간 그자비에는 러시아 군인으로 프랑스군과 다시 싸움을 이어 나갔다. 중간에 수보로프는 동맹을 맺었던 오스트리아의 배신으로 곤경에 처하기도 했지만, 역사상 전쟁에서 패한 적이 없는 전설의 명장답게 고비를 훌륭히 넘기면서 영웅의 칭송을 받았다. 하지만 1800년 초, 수보로프가 러시아로 돌아오자 황제 파벨 1세는 반갑게 맞이하기는커녕 해묵은 감정과 시기심에 그를 외면하였다. 노구를 이끌고 험난한 전투를 치렀던 원수는 황제의 냉담에 급격히 쇠약해지면서 그 해 5월에 쓸쓸한 최후를 맞았다. 그런 그의 곁을 그자비에는 마지막 순간까지 떠나지 않았다.

든든한 후견인이었던 수보로프 원수가 세상을 떠나자, 제2의 조국으로 여겼던 러시아에서 그는 다시 갈 데 없는 외톨이가 되었다. 그자비에는 생계를 위해 화실을 열어 교습하거나 초상화를 그리는 일을 시작했다. 그의 사교술과 예술적 재능 덕에 화실은 곧 인기를 얻었고 그자비에는 안정을 찾을 수 있었다.

1803년, 모스크바 사교계에서 이름난 화가로 활동하고 있던 어느 날, 형 조제프가 막 즉위한 사르데냐 국왕 비토리오 에마누엘레 1세에게 전권 위임 대사 자격을 부여받아 상트페테르부르크로 왔다. 형 조제프는 결정적인 순간마다 동생 그자비에의 삶에 중요한 역할을 했는데, 이번에도 그러하였다. 그는 바실리 치차고프 해군 제독에게 동생의 거취를 부탁하였고, 치차고프 제독은 그자비에에게 상트페테르부르크 해군박물관 관장 자리를 마련해 주었다. 워낙 지적 호기심이 강한 그에게 이는 더할 나위 없는 자리였다. 그리고 모스크바에 이어 상트페테르부르크 사교계까지 휘어잡은 덕분에 박물관은 사교계 명사로부터 많은 기부를 유치할 수 있었다.

4

1807년, 박물관 관장으로 그리고 사교계 명사로 화려한 나날을 보내던 그자비에는 군복을 입고 전장에 나서고 싶었다. 마흔을 훨씬 넘긴 나이에 다시 특유의 모험심과 역마살이 도진 것이었다. 영관급 장교로 다시 군대에 돌아온 그는 폭도를 소탕하기 위해 캅카스와 그루지야로 원정을 떠났다. 여러 전투를 치르며 심각하게 다친 적도 있었는데, 이때 그의 부상 소식은 상트페테르부르크 사교계까지 전해져 여러 여인의 가슴을 조마조마하게 하였다. 그중에는 훗날 그의 아내가 된 소피아 자그리아스키도 있었다.

1812년, 그는 러시아 황제의 참모로 나폴레옹을 몰아내기 위한 조국전쟁에 참전하여 큰 공을 세우고 1813년에는 장군의 지위에 올랐다. 사르데냐 용병과 다름없는 신분으로 러시아 군복을 입은 지 10여 년 만에 러시아군 장성이 된 것이다. 그리고 같은 해, 그는 50의 나이로 열여섯 살 연하의 소피아 자그리아스키와 혼약을 맺었다. 그녀는 이반 자그리아스키 장군의 딸이었으며, 푸시킨의 아내 나탈리야 곤차로바의 이모이기도 하였다. 둘은 슬하에 네 자녀를 두었다.

1816년, 수많은 전투를 치르며 지쳐 버린 그는 이제 완전히 군복을 벗고 가족 곁으로 돌아왔다. 칼을 놓고 대신 펜과 붓을 들었으며 작전지도를 들여다보던 눈은 다시 책으로 돌아왔다. 그림만큼이나 화학을 좋아했던 그는 토리노 학술원에 화학 논문을 제출하기도 했다. 그러나 그렇게 평온한 일상을 보내던 중, 엇비슷한 시기에 어린 자식 둘과 형 조제프를 떠나보내야 했다. 그리고 러시아는 데카브리스트의 난을 겪으며 정치적으로 더욱 삭막해졌다.

1826년, 드디어 그자비에는 가족을 데리고 조국 이탈리아를 찾았다. 북극성에 의지하여 길을 떠난 지 26년이 지난 뒤였다. 영토를 되찾은 사르데냐-피에몬테 왕국은 그를 환영하였다. 나폴레옹이 물러난 프랑스에서 그는 작가로서 명성이 자자했다. 그러나 화려하고 기쁜 일만 있었던 것은 아니다. 10여 년간 이탈리아와 프랑스에 머물던 중, 남은 두 명의 자식마저 병으로 세상을 떠났다. 극심한 슬픔과 회한에 잠긴 일흔다섯의 그자비에는 아내와 함께 다시 러시아로 돌아왔으며, 그에게 말년의 소일거리로 남은 것은 그림이었다. 1851년, 아내마저 세상을 떠나자 그로부터 1년이 채 못

되어 그자비에도 세상을 떠났다. 생전에 그는 자신의 비문을 이렇게 적었다.

여기, 잿빛 묘석 아래,
어디서 바람은 불어오고,
왜 천둥은 치는가 물으며
세상을 경이로워하던
그자비에 잠들다.
수많은 비서秘書를 뒤적이며
아침부터 저녁까지 읽었건만
끝내 검은 파도•를 들이킬 적에
놀랍게도 그가 아는 건 하나 없더라.

• 저승을 흐르는 스틱스의 강물을 가리킨다.

한밤중, 내 방 여행하는 법:
세상에서 가장 값싸고 알찬 밤여행을 위하여

2016년 10월 24일 초판 1쇄 발행

지은이
그자비에 드 메스트르

옮긴이
장석훈

펴낸이 조성웅
펴낸곳 도서출판 유유
등록 제406-2010-000032호(2010년 4월 2일)

주소 경기도 파주시 책향기로 337, 308-403 (우편번호 10884)

전화 070-8701-4800
팩스 0303-3444-4645
홈페이지 uupress.co.kr
전자우편 uupress@gmail.com

페이스북 www.facebook.com/uupress
트위터 www.twitter.com/uu_press

편집 안희주
영업 이은정
디자인 이기준

제작 제이오
인쇄 (주)민언프린텍
제책 (주)정문바인텍

ISBN 979-11-85152-54-7 03860

이 도서의 국립중앙도서관 출판예정도서목록(CIP)은 서지정보유통지원시스템 홈페이지(seoji.nl.go.kr)와 국가자료공동목록시스템(www.nl.go.kr/kolisnet)에서 이용하실 수 있습니다.(CIP제어번호: CIP2016021614)

27 **단단한 과학 공부** 류중랑 지음. 김택규 옮김 12,000원

28 **공부해서 남 주다** 대니얼 플린 지음. 윤태준 옮김 12,000원

29 **동사의 맛** 김정선 지음 12,000원

30 **단단한 사회 공부** 류중랑 지음. 문현선 옮김 12,000원

31 **논어를 읽다** 양자오 지음. 김택규 옮김 10,000원

32 **노자를 읽다** 양자오 지음. 정병윤 옮김 9,000원

33 **책 먹는 법** 김이경 지음 10,000원

34 **박물관 보는 법** 황윤 글. 손광산 그림 9,000원

35 **논픽션 쓰기** 잭 하트 지음. 정세라 옮김 17,000원

36 **장자를 읽다** 양자오 지음. 문현선 옮김 10,000원

37 **찰리 브라운과 함께한 내 인생** 찰스 슐츠 지음. 이솔 옮김 15,000원

38 **학생이 배우고 익히는 법** 리처드 샌드윅 지음. 이성자 옮김 9,000원

39 **내 문장이 그렇게 이상한가요?** 김정선 지음 12,000원

40 **시의 문장들** 김이경 지음 13,000원

41 **내 방 여행하는 법** 그자비에 드 메스트르 지음. 장석훈 옮김 12,000원

42 **옥스퍼드 중국사 수업** 폴 로프 지음. 강창훈 옮김 17,000원

43 **우정, 나의 종교** 슈테판 츠바이크 지음. 오지원 옮김 14,000원

44 **필사의 기초** 조경국 지음 10,000원

45 **맹자를 읽다** 양자오 지음. 김결 옮김 10,000원

46 **방귀의 예술** 피에르 토마 니콜라 위르토 지음. 성귀수 옮김 9,000원

47 **쓰기의 말들** 은유 지음 13,000원

48 **철학으로서의 철학사** 훌리안 마리아스 지음. 강유원 박수민 옮김 47,000원

49 **성서를 읽다** 박상익 지음 14,000원

50 **후 불어 쩝쩝 먹고 꺽!** 장세이 지음 14,000원

내가 사랑한 여자

공선옥 김미월 지음

소설가 공선옥과 김미월이 그들이 사랑하고, 사랑하기에 모든 이들과 함께 이야기를 나누고 싶은 여자들에 대해 쓴 산문 모음. 시대를 앞서 나갔던 김추자나 허난설헌 같은 이부터 자신의 시대에서 눈을 돌리지 않았던 케테 콜비츠나 한나 아렌트에 이르기까지, 세상 그 누구보다 인간답게 여자답게 살아갔던 이들을 사랑하는 마음을 담아 찬사했다. 더불어 여자가, 삶이, 시대가 무엇인지 돌아보게 하는 아름다운 책이다.

위로하는 정신

체념과 물러섬의 대가 몽테뉴

슈테판 츠바이크 지음, 안인희 옮김

세계적 전기 작가 슈테판 츠바이크가 쓴 몽테뉴 평전. 츠바이크의 마지막 작품이기도 하다. 츠바이크는 세계 대전과 프랑스 내전이라는 광란의 시대를 공유한 몽테뉴를 통해 자신의 이야기를 한다. 자기 자신이 되고자 끝없이 물러나며 노력했던 몽테뉴. 전쟁을 피해 다른 나라로 갔지만 결국 안식을 얻지 못한 츠바이크. 두 사람의 모습에서 혼란한 시대를 살아가는 사람의 자세를 사색하게 된다.

찰리 브라운과 함께한 내 인생

찰스 슐츠 지음, 이솔 옮김

『피너츠』의 창조자 찰스 슐츠가 직접 쓴 기고문, 책의 서문, 잡지에 실린 글, 강연문 등을 묶은 책. 『피너츠』는 75개국 21개의 언어로 3억 5,500만 명 이상의 독자가 즐긴 코믹 스트립이다. 오랜 세월 동안 독자들은 언제나 실패와 좌절을 거듭하지만 포기하지 않는 찰리 브라운과 그의 친구들의 다채롭고 개성 있는 성격에 공감했고, 냉소적이고 건조한 듯하면서도 부드럽고 따뜻한 느낌의 이야기에 울고 웃었다. 이 사랑스러운 캐릭터와 이야기의 뒤에는 50년간 17,897편의 그림과 글을 직접 그리고 썼던 작가 찰스 슐츠가 있다. 스스로 세속의 인문주의자라고 평하기도 했던 슐츠는 깊이 있고 명료한 글을 쓸 줄 아는 작가였다. 슐츠 개인의 역사는 물론 코믹 스트립을 포함한 만화라는 분야에 대한 그의 관점과 애정, 그의 인생에서 가장 큰 자리를 차지한 『피너츠』에 대한 갖가지 소회, 이 작품에 등장하는 여러 캐릭터를 만들게 된 창작의 과정과 그 비밀을 오롯이 드러내 보인다.

내 방 여행하는 법

세상에서 가장 값싸고 알찬 여행을 위하여

그자비에 드 메스트르 지음, 장석훈 옮김

저자는 금지된 결투를 벌였다가 42일간 가택 연금형을 받았고, 무료를 달래기 위해 자기만의 집 안 여행을 시작한다. 그리고 그 여행을 적은 기록은 출간 후 베스트셀러가 되었다. 여행 개념을 재정의한 여행 문학의 고전으로, 18세기 서양 문학사에서 여러모로 선구적인 작품 가운데 하나로 꼽힌다. 적은 분량에도 불구하고 형식과 주제가 분방하고, 경쾌하면서도 깊은 여운을 남기는 문체를 지녀 훗날 수많은 위대한 작가들에게 영향을 주었다. 이 책은 여행에 대한 우리의 고정관념을 뒤집는다. 몇 평 안 되는 좁고 별것 없는 내 방 안에서도 여행은 가능하다고. 진정한 여행이야말로 새롭고 낯선 것을 '구경'하는 일이 아니라 '발견'함으로써 익숙하고 편안한 것을 새롭고 낯설게 보게 하는 일이라고. 물론 작가가 이런 이야기를 구구절절 늘어놓지는 않는다. 다만 자신이 직접 이 '여행'을 어떤 방식으로 해냈는지를 섬세하게 묘사함으로써 이 임무를 상징적으로 수행한다. 숱한 작가들에 의해 되풀이해서 읽히고 영향을 미친 이 작품은 여행의 개념을 재정의하는 고전이 되었고, 지금도 여전히 수많은 독자에게 읽히고 있다.